1945←2015

若者から若者への手紙

落合由利子　北川直実　室田元美

ころから

写真　落合由利子

はじめに――あの日の若者へ、今の若者から

表紙を見て「これは、何の本？」と思った人も多いかもしれません。

１９４５は、アジア・太平洋戦争の時代に若者だった人たち。２０１５は、今を生きる若者たちを表しています。二つの世代の若者たちをつなぎたくてつけたタイトルです。

私たち著者三人は、二つの世代のちょうど真ん中にいて、十年ほど前から戦争の時代を生き抜いた人たちに会って話を聞き、写真を撮らせてもらっています。その頃、身の回りから戦争を知る人たちが少なくなり、祖父母や親たちから、もっとあの時代の話を聞いておくべきだった、と悔やむこともしばしば。本や映画でなんとなく知っているつもりの戦争でしたが、実際に経験した人たちがお元気なうちに直接話を聞いておきたいと考えたのがきっかけでした。

ふだんはそれぞれ写真家、ライター、編集者として別々に仕事をしている私たちですが、三人で取材に出かけ、沖縄、長崎や広島へも足を運びました。当時、紙切れ一枚で戦場へ行かされ、人を殺してしまったことを悔やむ人、原爆できょうだいをすべて失った少年、「満州」でわが子と生き別れた若いお母さん、沖縄の離島で被害にあった人、植民地政策で日本人にされ、戦犯として裁かれた朝鮮の若者もいました。戦争にまきこまれたのは、まさに当時十代、二十

代の若者たちでした。

かつて若者だった人たちから聞き取りをして、この本ではそのうち十五人の話を紹介しています。言葉を噛みしめるように、時には目頭をぬぐいながら語ってくださったこと、それはまた、老いることなく死んでしまった若者たちの気持ちでもあるかもしれません。証言を多くの人たち、とくに次の世代を生きる若者たちに手渡したいと思いました。その時代を生きた人の数だけ戦争があり、この本で語られる話は戦争のごく一部にすぎないのでしょうが、さまざまな戦争があった事実を知ることは、戦争を知らない私たちがあの時代のことを想像しようとする時に、たとえわずかであっても手助けになるかもしれません。

一九四五年に十代、二十代の若者だった人たちは、明日が見えない中でどんなことを考えていたのだろうか。戦争でどんな経験をし、過ぎ去った青春時代を今はどんな目で見つめているのだろうか。

そして、現在、あの日の彼らと同じ十代、二十代の若者たちは、当時の若者たちが経験した戦争を、どう受けとめるだろうか。七十年前の若者たちと、スマホを使いこなしている今の若者たちの姿は、一見、重なりそうにありませんが、今の若者も、手探りで明日を探しているのかもしれない。また同じ年頃というだけで、響き合う何かがあるかもしれないと思いました。

二〇一五年の若者たちに呼びかけて、一九四五年に若者だった人たちへ、手紙を書いてもらうことにしました。メールの時代に手紙だなんて、いやそれ以前に戦争なんて興味ないよ、と言われるのも覚悟していましたが、うれしいことに次々と手を挙げてくれる人がいて、何人かは断らなくてはならないほどでした。その理由を思い探ってみると、もしかするとふたたび戦争の時代が訪れるのではないか、そんな戸惑いが若者たちの心に芽生えているからかもしれません。手紙には、日本に暮らす東アジアの若者も参加してくれました。

自分と同年代だった人たちの戦争や生きる姿に向き合って、彼らはどんなことを感じたでしょうか。

一九四五年は、学校では日本の国が戦争に負け、そして終わった年と教わっていますが、人によっては、決してそうではありませんでした。長い年月が過ぎた今もなお、戦争は終わっていないと言う人もいます。

それでもあえてタイトルに刻んだのは、この年が「二度と戦争をしないと決めた」戦後日本の始まりでもあるからです。

あれから七十年。一つひとつの証言から、戦争のことを考えてみるきっかけにこの本がなればと願っています。

著者を代表して　室田元美

目次

15人の
アジア・太平洋戦争

本書に登場する証言者が、戦争の時代を過ごした主な場所です。
これは現在の地図です。本文中の地図の(　)内は、
当時の呼び名です。※敬称略

○▶証言者の関係する場所　　●▶主な地名

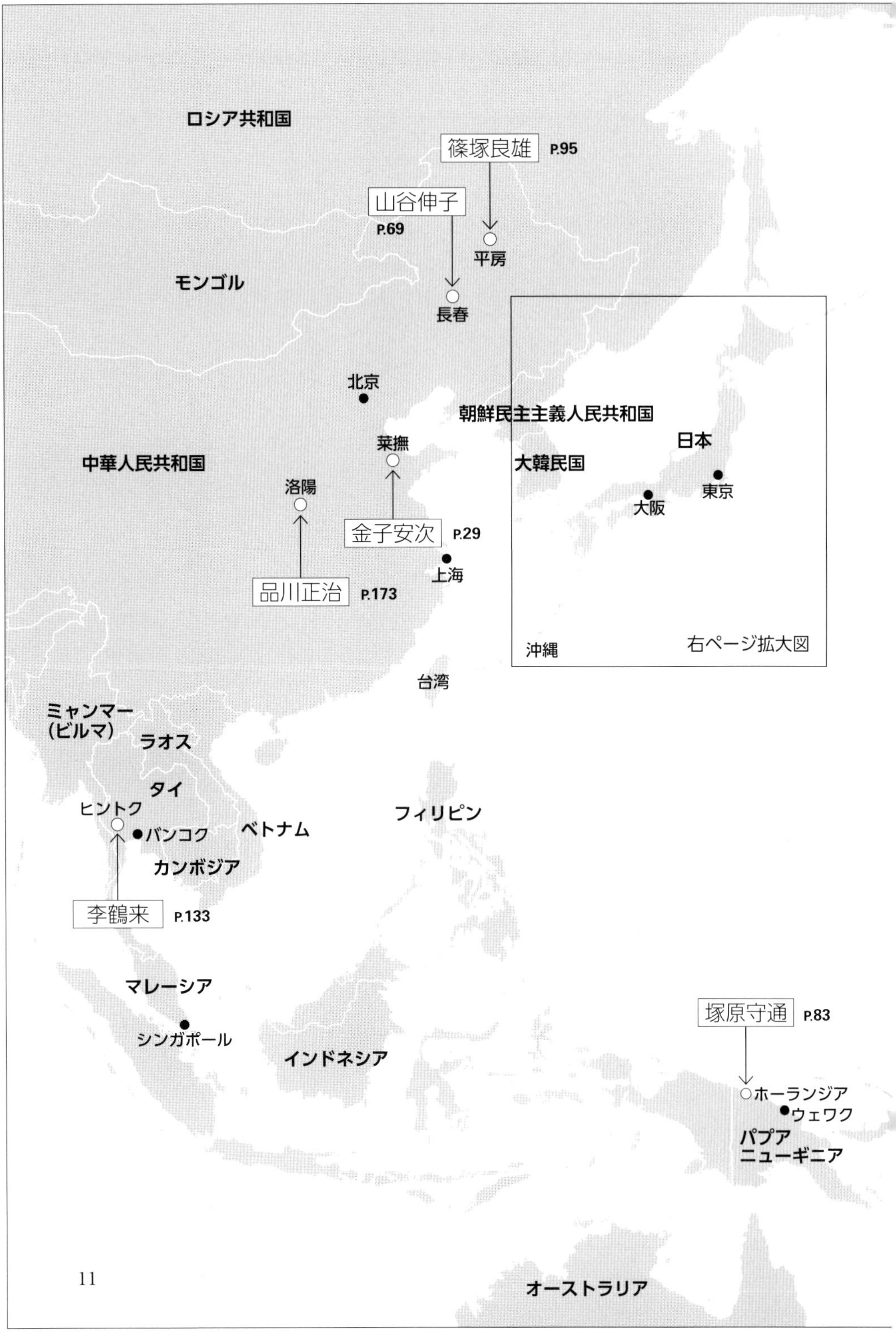

ロシア共和国
篠塚良雄 P.95
山谷伸子 P.69
平房
モンゴル
長春
北京
朝鮮民主主義人民共和国
日本
萊撫
中華人民共和国
大韓民国
東京
洛陽
大阪
金子安次 P.29
上海
品川正治 P.173
沖縄
右ページ拡大図
台湾
ミャンマー
(ビルマ)
ラオス
タイ
ヒントク
フィリピン
バンコク
ベトナム
カンボジア
李鶴来 P.133
マレーシア
塚原守通 P.83
シンガポール
インドネシア
ホーランジア
ウェワク
パプア
ニューギニア
オーストラリア

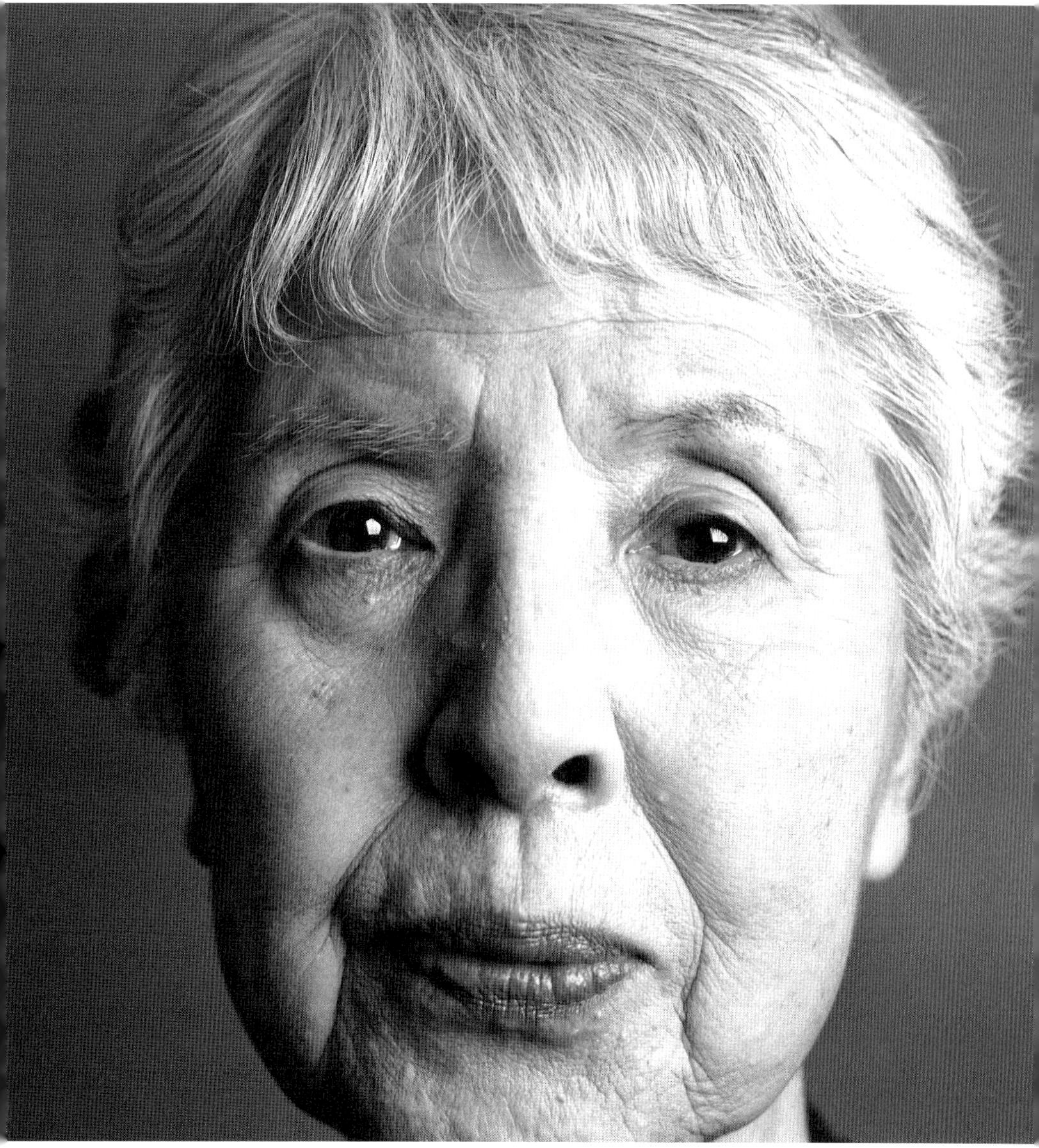

東京大空襲で被災

清《きよ》岡《おか》美《み》知《ち》子《こ》さん

1923(大正12)年 0歳 11月12日 関東大震災で両親が被災
疎開先の長野県松本市にて誕生
その後、浅草・馬道で育つ

1940(昭和15)年 16歳 東京市立上野忍岡女子商業学校卒業
後に東京府庁に就職

1941(昭和16)年 18歳 12月8日 マレー半島上陸、真珠湾攻撃
アジア・太平洋戦争開始

1944(昭和19)年 21歳 11月 米軍のB29による東京空襲の開始
東京は全体で約100回の空襲を受ける

1945(昭和20)年 21歳 3月10日 東京大空襲で被災、父姉死亡
5月 長野県松本市に母と疎開
8月15日 敗戦

1946(昭和21)年 22歳 都庁、経済企画庁などに勤務
和文タイピストとして家計を支える
結婚。2児出産

1975(昭和50)年 52歳 退職して母の介護に専念

2001(平成13)年 77歳 証言活動にたずさわる

2006(平成18)年 82歳 10月 東京大空襲訴訟の原告に(~13年)

自分だけ助かって、どうして父と姉を助けられなかったのか。長い間の心の傷です

アジア・太平洋戦争末期、日本はアメリカ軍の行った空襲により、全国で約百二十以上の都市が大きな被害を受け、多くの民間人犠牲者を出した。なかでも首都東京は約百回もの爆撃を受けたが、一九四五年三月十日未明にあった大規模な空襲は特別に、「東京大空襲」と呼ばれている。約三百機の爆撃機B29によるわずか二時間半の無差別爆撃で、下町地区を焼野原にし、百万人を超す被災者、十万人にのぼる死者で街や川を埋め尽くした。浅草育ちの清岡美知子さんにとって、楽しい思い出のつまった特別の場所、隅《すみ》田川《だがわ》も、その日一瞬にして惨状の場に化してしまった。

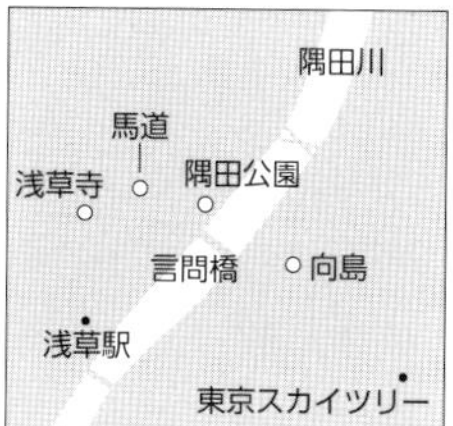

私の家は浅草の観音様のすぐ裏にありました。年中お祭りみたいな、にぎやかなところでした。父は寄席《よせ》に出る芸人で、姉は長唄の師匠だったんです。

一九四四年の終わり頃から、浅草でも昼夜かまわず、空襲がひどくなって、寄席や映画館も閉まりました。毎晩のように警報がなって起こされるもんだから、寝不足なんですよ。

ある晩、郵便局に勤めていたお隣さんが「あ〜、アメリカに行って、一晩ぐっすり眠りてぇーよぉ」なんて言うんで、町会の人たちはどっと笑ったのね。だけど憲兵に聞かれたら大変だって、みんなそそくさと家に入っちゃったの。そういう重苦しい時代でも、浅草の人は、ばかばかしいこと言ってたわね。

一九四五年の三月は、防火用水に氷がはるほど、まだ寒い冬だったんですよ。あの大空襲の日は、寒い上に風も強くて、「今晩みたいな日に、空襲がきたら大変だね」って姉と話しながら床を並べて寝たんです。一度、九日の夜のうちに警戒警報が鳴ったのですが、それからしばらく何もなくて、夜中の十二時過ぎに、突然空襲警報が鳴ったんです［＊1］。

父は防空班長でしたから、真っ先に飛び出して「焼夷弾《しょういだん》［＊2］落下〜」って言ってました。私も家の外に出てみました。すると、空には、今まで見たこともないような大きな飛行機［＊3］が次から次へと、とんぼの群れみたいに、ぶーんとゆっくり低空飛行してくるんです。あとからあとから焼夷弾をバラバラ落とすんですから、怖かったですよ。

お向かいの家はもう炎が上がっていました。父が「こりゃだめだ、隅田公園に逃げろ」と言うので、家族四人一かたまりになって、隅田川へと逃げました。運悪く風下だったんですね。頭には鉄兜《てつかぶと》と防空頭巾《ぼうくうずきん》［＊4］かぶって、リュックサックしょって、布団《ふとん》を両手に抱えて。布団もいったんなくなったら手に入りませんからね。

隅田公園までやっとのことでたどりつくと、爆弾を落とされたらいけないというので、言問橋《こととといばし》［＊5］の下に入って、荷物を置きました。最初は火の粉が飛んでくるだけだったんですが、そのうちに、川岸まで火が回ってきて、火炎放射器みたいな炎が、橋の下まで入ってきたんです。風に乗って、龍みたいに、びゃーって、なめてくるんですから、そこにいたら焼け死んじゃうんですよ。

父が「川に入れ」って言って、真っ先に母の手を引っぱって、船着場の石段の方へ駆け出しました。私は、川に向かって殺到《さっとう》した大勢の人の波にのまれて、後ろから押されて、石段の一番下まで追いやられましたが、必死にしがみつきました。ちょうどうまい具合に、石段の終わったところに水に隠れた桟橋があって、そこに腰かける状態になったんです。

夜中で真っ暗でしたから、他の三人がどこにいるのか、分かりませんでした。あとで聞いたのですが、父と母は、川岸の近くの一段高くなっていたところに、石垣を背にして立っていたそうです。姉は、川岸から少し離れた舫《もや》い杭《くい》のところまで泳いでいって、つかまっていたそうです。胸まで水に浸かって。だから一番悪い条件ですよね。おまけに姉は細くて小さくて、寒さには弱い人だったんです。

川の水は冷たくて、寒かったですよ。そのうちに、寒さを通り過ぎて感覚がなくなっちゃいました。でも、上半身は炎にさらされていて、燃えちゃいますから、鉄兜で体に水をかけ続けました。手も上がらなくなって頭もぼーっとしてきて、「もうじき死ぬのかなあ。これで死ぬのなら、そんなにつらくはないかなあ」なんて思ってました。

左手には言問橋が火のアーチみたいに見えました。橋の上では、浅草方面と向島《むこうじま》方面から逃げてきた人たちがぶつかって身動きがとれなくなって、たくさんの人が焼け死んだそうですが、あの時は、人影なんてわかりませんでした。橋全部が燃えていてすごかった。

不思議なことに、あの時の音の記憶がまったくないんです。風や炎の音、人のうめき声や叫び声とかもあったと思うんですけどね。だけど、臭いの記憶だけは、はっきりと覚えているんです。空襲が終わって、燃えるだけ燃えたら、煙だけになったんです。すごく濃い煙で、目を開けていられないんですよ。鰯《いわし》を焼いたような強烈な臭いでね。戦後しばらくは、鰯を焼いて食べられませんでした。

あたりが薄明るくなって、川から上がりました。これ以上いたら凍え死んじゃうと思って。オーバー着てるけど、全身びしょぬれで寒いんです。橋の下に何か燃えていると思って、あたりに行きました。よくよく見たら人でした。逃げ遅れた人がそこで燃えているわけなのよ。

しばらくして、両親、姉を捜しに行きました。階段にも、川から上がって倒れている人がびっしり。死んでるんだか生きているんだか、わかりませんでしたけど、その一つひとつをあらためて、捜しまわりました。いろんな焼け方をしている人がいたんです。完全な焼けぼっくいもあれば、半焼け、赤むけの人もいました。ドラム缶に立ったまま死んでいる人も。男か女か、もちろんわからないの。怖いとかそういう感覚はありませんでしたね。そこらじゅう、死体でしたから。

そうしたら、その中に母がいたんです。母はびっしょりぬれて、石段を上ったところで気を失っていました。男の人が、火の側まで運んでくれて、どこからか持ってきた焼けぶとんをかけてくれました。名前も聞きませんでしたが、命の恩人です。他にも、空襲の日から三日間、私たち母子を泊めてくれた方や、母を川から上げてくれた鳶口《とびぐち》を持った男の人とか、何人もの人に命を助けてもらいました。そうじゃなかったら、死線を越えられなかったです。ああいう時でも、善意で、必ず助けてくれる人がいるんですね。

私は意識が戻った母をそこに寝かせて、父と姉を捜しに行きました。母は「あの二人はだめかもしれない」と言うんです。明け方に、父は「岸に上がれ」と母に言い、自分は流れてきた樽《たる》につかまって姉のところに助けに行こうとしたが、力尽きて仰向けになってしまったと。

結局、その日に見つけることはできませんでした。二人の遺体を確認したのは、空襲から三日経ってからです。千葉の船橋から捜しに来てくれたおじと母と私の三人で、仮埋葬《かりまいそう》されている隅田公園に行きました。父と姉の名前をかいた墓標がちゃんと立っていて、並べて置かれていた遺体の上には、トタン板がかけられ、その上に浅く土がかぶせてありました。私たちは掘り起こして本人かどうか確認をしました。すると、本当に鼻血を出したんですよ、「身内に会うと遺体が鼻血を出す」という言い伝えのとおり。

私は、張りつめていたものが一気に崩れてしまって、いつまでも泣きやむことができませんでした。空襲でみんな焼けてしまって、住むところも、食べるものもないんです。末っ子で甘えん坊だった私ですが、父も姉も失い、今日からは、私が体の弱い母を養って、生きていかなければいけないんだって思ったら、もう泣いてなんかいられない、どんなことにも立ち向かっていかなければと思いました。それからは二度と泣きません。

父と姉のことは夢に見て、うなされたこともずいぶんありました。母は助けることができたけど、どうして二人を助けられなかったのかと、それがすごくつらいんですよ。側にいたんですから、どうして声が聞こえなかったのか、自分がもっと本気になって捜そうと思えば、捜せたんじゃないかって、一生思い続けると思います。自分だけ助かって、という気持ちは今でもありますね。長い間の心の傷です。

こうやって人に体験を話すようになったのも、数年前からです。裁判［＊6］の原告にもなりました。国が要求を全然認めないっていうのは、一夜にしてあれだけの人が命を落とした空襲を、なかったのと同じだと言っているわけです。軍人だけが手厚く葬られて補償《ほしょう》され、民間人には何の謝罪も補償もしないで、我慢しろというのは、ひどいですよ。

あの空襲で亡くなった人たちのことを、一日だって忘れたことはありません。戦災で無残にも死んだあなた方のぶんも生きて頑張るからねって、毎日父や姉に、仏壇の前で手を合わせて、言っています。

＊1 警戒警報と空襲警報　「航空機の来襲のおそれある場合」には警戒警報が、より緊急性の高い「航空機の来襲の危険ある場合」には空襲警報が発令された。東京大空襲の時は、三月十日午前零時十五分に空襲警報が発令されたが、その時にはすでに、東京・下町に大量の焼夷弾投下が始まっていた。

＊2 焼夷弾　攻撃対象を焼き払うために米軍が使用した爆弾。日本の木造家屋の密集地を攻撃する目的で開発されたものもある。

＊3 大きな飛行機　米国のボーイング社が製造し、一九四二年に初飛行した戦略爆撃機B29のこと。東京大空襲をはじめ各都市での空襲、広島・長崎への原爆投下を行った。

＊4 防空頭巾　戦争中、空襲などの際に飛んで来るものや炎から頭を守るためにかぶった、綿入れの頭巾。

＊5 言問橋　隅田川にかかる言問橋には、東京大空襲の夜、炎から逃れて向こう岸に渡ろうとする人たちが詰めかけた。橋も炎に包まれ、身動きがとれなくなった大勢の人たちが焼死したり、川に飛び込んで亡くなった。橋のたもとには東京大空襲戦災犠牲者追悼碑が建てられている。

＊6 裁判　東京大空襲の被害者・遺族ら約百三十名が「軍人やその遺族などには補償があるのに、空襲の被害者に援助がないのは不当だ」と主張して、国に謝罪と賠償を求めて提訴した訴訟。最高裁判所は二〇一三年五月原告の上告を認めないことを決定し、被害者・遺族の訴えをすべて退ける判決が確定した。国側は「戦争被害は国民が等しく受忍（我慢）しなければならない」という受忍論を主張した。

清岡美知子さんへの手紙

アイザワ祥子　あいざわ　しょうこ
一九八六年生まれ　広島県出身　二十八歳　会社員

初めまして。私は、アイザワ祥子と申します。出身は広島ですが、結婚を機に二年半前に東京へ引っ越して来ました。今は会社員として仕事をしながら、夫と二人で日々平穏に暮らしています。

清岡さんの証言の冒頭に、「長い間の心の傷です」とありましたので、一体どんなつらく悲しい記憶が描いてあるのだろうと、少し緊張しながら読ませていただきました。私は身近に戦争のない環境でしか生活をしたことがないので、「民間人として戦争に巻き込まれる」ということがどんなものなのか、想像することしかできず、過酷な過去を生き抜いてこられた清岡さんに、どのような言葉でお手紙を書けばいいのか、正直とても悩みました。

でも、今回清岡さんの証言を通じて、今まさに私が生活をしている東京で、空から爆弾が落とされ、多くの方々が犠牲となった過去について、そしてその時代を生き抜いてこられた方々について、思いを馳せ、考える機会をいただけて本当によかったと思います。きっと、当時のことを思い出し人に話をするということは、とくに、つらく悲しい思い出なので、とても勇気がいることだと思います。数年前から経験をお話しされるようになり、裁判の原告にもなられたとのこと、その勇気と行動に、敬意と感謝を申し上げたいと思います。

清岡さんは、東京大空襲で被災された二十一歳から今までの長い月日を、癒《い》えることのない深い傷を抱えながらも、つらい思いを外には出さないで、前を向いて強く生きてこられた、強い方だなと思いました。とくに、お父様とお姉様を失われた東京大空襲の直後、二十一歳という若さで、「もう泣いてなんかいられない、どんなことにも立ち向かっていかなければ」と強く決意され、「それからは二度と泣きません」との言葉には、清岡さんが直面された現実の厳しさ、そして清岡さんが抱えてこられた心の傷の深さを垣間《かいま》見た気がしました。きっと想像もつかないつらい思いを抱えていらしたと思いますが、お仕事に復帰され、お母様を支え、結婚・子育てをしながら、前向きに強く生きてこられた姿を想像すると、日々の仕事と自分の生活で手一杯になってしまいがちな自分が少し恥ずかしくなります。

私は今二十八歳ですが、まだまだ子どもだなと思うことが多いです。学生時代はすべてを親に甘え、恵まれた環境にいながらも、「自分の夢」や「人生で本当にやりたいこと」が見つけられないでいました。そして二十三歳で社会に出てから今でも、模索し続けています。清岡さんは、十六歳で就職され、十八~二十一歳という青春時代には、民間人として戦争に巻き込まれていましたが、当時「将来の夢」はありましたか？　それはどんな夢でしたか？　「戦争がなければ……」「東京大空襲がなければ……」清岡さんの人生は、どんなふうに変わっていたと思いますか？　前を向いて強く生きてこられた清岡さんにとって、もしかしたらこんな質問は失礼かもしれませんが、機会があれば、ぜひお聞きしてみたいです。

清岡さんが空襲に遭われて七十年という月日が流れた今、東京で過去に空襲を受け多くの被害者が出たという面影《おもかげ》は普通に生活をしていてほとんど感じませんし、浅草は最近ますます外国人観光客に人気の場所で、毎日賑《にぎ》わっています。空襲の生々しい記憶を引き継いで行くことは、実際、なかなか難しいことだと思います。正直なところ、私も無意識に、空襲や戦争はすでに「過去のこと」と捉えてしまうことがあり、意識しないと、距離を感じてしまうものになってしまっています。だからこそ、清岡さんの証言や、空襲の被害者・遺族の方々の裁判は、とても大きな意味があると思います。過去から今に続く声を、勇気を出して伝えてくださることが、何よりも、今の自分につなげて考えることができるきっかけとなるからです。

清岡さんたちの訴えに対する国の答えは「戦争の負担は国民が我慢するもの」とのこと。その言葉は、戦時中を生きてこられた「当時の国民」だけでなく、今を生きているすべての日本人を、国がどのように見ているのか、ということを強く表していますね。つらい記憶と傷を抱えてこられた方々の訴えに対し、そんな対応しかできない国であるということが、私も率直に、ただただ悔しいです。

このような事例もふくめて、日本はいったいどうなっていくのだろうと、時折考えては不安になることがあります。でも、そうではなくて、若い私たちが「どうにかしていく」という意識をしっかりと持つことが大事ですね。

清岡さんの思いが、七十年経った今へ繋《つな》がっていること、そしてこれからも消えてはいけないものだと、私の心にも刻んでいきます。そしてこれから先、つらいことがあったら、涙を耐え前向きに生きてこられた清岡さんの姿を思い浮かべると思います。

実際にお会いしたことはありませんが、清岡さんとこうして繋がることができ、大変嬉《うれ》しく思います。

清岡さんのこれからの日々が、健康で平穏で、幸せなものでありますように。

金子安次《かねこやすじ》さん

戦場、シベリア、戦犯管理所での十六年

１９２０（大正９）年　０歳　１月28日 千葉県東葛飾郡浦安町猫実（現・浦安市）に誕生
１９３１（昭和６）年　11歳　９月18日 柳条湖事件を機に満州事変へ
１９３７（昭和12）年　17歳　７月７日 盧溝橋事件、日中戦争開始
１９４０（昭和15）年　20歳　４月 徴兵検査で甲種合格
11月 北支那方面軍独立混成第10旅団44大隊第一中隊に入隊
１９４１（昭和16）年　21歳　12月８日 マレー半島上陸、真珠湾攻撃アジア・太平洋戦争開始
１９４２（昭和17）年　22歳　６月 ミッドウェー海戦で日本海軍大敗
１９４４（昭和19）年　24歳　59師団に編成替え
１９４５（昭和20）年　25歳　８月 ソ連軍侵攻。敗戦
10月 シベリアに抑留
１９５０（昭和25）年　30歳　７月 中国の撫順戦犯管理所に収容
１９５６（昭和31）年　36歳　６月 起訴免除になり釈放、日本へ帰国
１９５７（昭和32）年　37歳　「中国帰還者連絡会」が設立
２０００（平成12）年　80歳　12月「女性国際戦犯法廷」で戦場での体験を証言
２０１０（平成22）年　90歳　11月25日 逝去

結婚して子どもができてからだよ。自分がやったことを、心から悔いたのは

日中戦争で徴兵され、中国・山東省《さんとうしょう》に出征した金子安次さんは、初年兵《しょねんへい》の時に人を殺す訓練を受け、掃討《そうとう》作戦に関わって一般人の殺りくにも手を染めた。戦後、苛酷なシベリア抑留《よくりゅう》を生き延びたが帰国はかなわず、中国の撫順《ぶじゅん》戦犯管理所に移送されて六年間収容され、戦犯として裁きを受けた。起訴免除となり興安丸《こうあんまる》で舞鶴《まいづる》へ帰国したのは、戦争が終わってから十一年も経った一九五六年だった。自分の加害と向き合い、晩年まで若者たちにも戦場での体験を語り続けた。

私は一九四〇年の十二月三日に召集され、東京の上野公園に集合した。

その二日前に、おふくろに会ってこう言ったんだよ。

「おっかあ、おれはよ、戦地に行ったら必ず上等兵になって帰って来るからよ」。上等兵になると（襟章につける）星が三つになって、近所の人からあそこのせがれは偉いって言われる。おふくろは喜ぶと思ったんだ。するとおふくろはじーっと聞いてて、「おっかあはな、金平糖《こんぺいとう》（星のこと）はいらねえ。生きて帰ってこい」と言った。私は「なんだ、うちのおふくろは。とんでもないな。こんなこと言いや

がって」とがっかりして、軽蔑さえしたね、その時は。

上野公園に集合し、芝浦から船に乗って、着いたのは中国・山東省。軍隊では初年兵は軍服に埃《ほこり》がついているといって殴られ、返事が小さいと殴られ、毎日のように殴られたよ。馬の手入れをさせられて、私は馬が脚を上げないもんだから、馬のつらを一発、ひっぱたいたんだね。すると上官が飛んで来て「貴様《きさま》っ、軍馬を殴ったな」と五発も殴られた。貴様らなんか紙一枚でいくらでも集まるんだ、軍馬はそうはいかない、と言うんだ。

ある日、初年兵が集められた。林の中で、中国人の農民が数人、木に縛りつけられている。逃げ遅れて捕まったんでしょう。私たち初年兵は、十メートルほど離れたところから縦に列を作らされた。古い兵隊が「いいか。号令で走って行って、あの農民を殺せ！」。

刺突《しとつ》訓練という人殺しの訓練なんです。一番、二番、三番と走って行って、私は四番目だった。銃剣[*1]を構えて「やあーっ！」と走った。

ところが人を殺すのは、こんな怖いことはない。私は子どもの頃は相当悪ガキだったが、そんなものじゃない。相手は目隠しもされずに木に縛りつけられて、すごい目でこっちを睨《にら》んでいるからね。力が入らなくて手が滑っちゃう。

あばら骨に当たって跳ね返され、「貴様！」と怒鳴られてやり直しだ。古い兵隊が見本を見せた。やーっとそばまで行って、剣の刃を横にすると、剣はすーっとあばら骨の間に入る。私も夢中で真似をしたら、すっと入っていってね。胸を刺したり、腹を刺したりして殺してしまった。そうやって度胸をつけるんだよ。ふつうの神経じゃ殺せないからね。ところが一年、二年と経つと今度は殺すことが恐怖じゃなくなってくる。戦友が死んだりすると「このやろう」って血がのぼる。よし、あのチャンコロ（中国人の蔑称）を殺してしまえ、とね。

仲間にお坊さんのせがれがいてね、初めての訓練の時は「おれにはできねえ。できねえよう」と泣いて、めちゃくちゃに殴られていたが、一年たったら平気で自分から人を殺すようになった。恐ろしいもんだよ。

一九四一年の秋頃、莱蕪《らいぶ》県と新泰《しんたい》の間の部落に八路軍《はちろぐん》［*2］が入ったとの通報を受けて、私たちは夜中じゅう部落を攻撃した。朝がたには掃討を始めて、私と古い兵隊は二人で一軒の家屋に入った。最初は暗くて何も見えなかったが、目が慣れると奥の方に女の人が一人、四歳ぐらいの男の子を抱いてじっとしているのが見えた。

古い兵隊が「金子、ガキを連れて外に出ろ。おれが終わったら交代するから」。私は泣く子を連れて表に出た。女の人の悲鳴が聞こえて、古い兵隊が女の人の髪をつかんで家から出てきた。抵抗されて怒ってね。「このアマ、ふざけたやつだ」と、部落にあった深い井戸の前に連れていった。「金子、おまえ足を持て」。

私たちは一、二の三で女の人を深い井戸の中にぶちこんだ。子どもは母親が井戸の中に入ったもんだから「マーマー」と泣きながら井戸の周りを回って、どこからか台を持ってきてね。よじ登って自分から井戸に飛び込んでしまった。私はそれを見たとき、ぞーっとしたよ。古い兵隊は「手榴弾投げ込んで、殺してやれ」と命令した。私たちは上官から「女は殺せ、子どもを産むから。子どもも殺せ、大人になったら日本に反抗するから」と言われてたんだよ。

中国人の部落に入っては、綿花や小麦をかっぱらった。ものすごい量だよ。これで日本にいる自分の家族が食べられるといいと思ったんだな。殺し、奪い、焼き尽くす［＊3］。よその国へ入っていって、われわれがやったことだよ。それが侵略でなくて何だと言える？　私自身も殺したのは十人や二十人じゃきかない。妻や子どもを前にしては言えないが、強姦《ごうかん》もやったし、慰安所《いあんじょ》にも行ったしね。

日本の敗戦と同時に、ソ連軍によってシベリアに抑留［＊4］されて5年間、労働させられた。飯はわずかだし、寒いわ、労働はきついわ、死ぬか生きるかの毎日だよ。炭鉱で働いたり、家建てたり、森林伐採。あの苦しみはたとえようがないね。

栄養失調、病気、事故で仲間がバタバタ死んでいったよ。朝、起きたら隣のやつが死んでる。おい起きろよと声をかけると死んでる。こっちも慣れっこになって、また死んじゃったよ、って気にもしない。冬は凍ってて穴が掘れないから、物置の中に死体を積んでおくんだよ。材木みたいに五段、六段、積み上げて、ホウキとかと一緒に入ってるんだよ。適当に穴掘って雪かぶせておいたこともあったけど、春になって解けてくると骨が出てくるんだよ。

シベリアから日本に帰れると思っていたら、一九五〇年七月、ハバロフスクの収容所から今度は中国の撫順戦犯管理所［＊5］に送られた。悲しいね。あんなに働いて苦しい思いをして、今度は戦犯だ。しかし自分たちは、好きこのんで人を殺したわけではないんです。「上官の命令は、ただちに朕《ちん》（天皇）が命令と思い実行すべし」という一文が、軍人勅諭《ちょくゆ》［＊6］にあるんです。上官の命令は天皇の命令と思え、と。背いた場合は死刑にだってなるんです。

中国の戦犯管理所で取り調べを受けた時に、「あなたは人を殺しましたね」と言われ、「殺しました。しかし私は、命令で殺しました」と答えた。すると調査官の人はじーっと私を見て、「命令でやった？やったのはおまえじゃないか！」。そう言われて、私はぐうもすうも出なかった。たしかにそうだ。やったのは私なんだ。

戦犯管理所では、初めから私たちは大事にされた。シベリアとは大違いだ。中国人よりいいものを食わしてもらったし、病気をした者は病院に連れて行かれて、手当を受けた。だけどいつかは殺されるんじゃないかと不安だったよ。


一九五六年の六月末に私たち三百名ほどが呼ばれて、裁判所に行きました。もうだめだ、裁かれておれたちは殺される。ところが裁判長が全員の名前を読み上げ、一番最後に「起訴免除とする」と宣告した。その時私たちは、くっとつばを飲んだ。助かった。

初めは全員しーんとして、それから三十男が、四十男が、五十男がみんな声を上げて泣いたんだよ。軍隊生活、あの苦しいシベリア生活、いつ殺されるかと過ごした戦犯管理所の生活。それが助かった。これで国へ帰れるぞ、本当にみんなわあわあ、声を上げて大泣きだよ。それを見て、中国の職員も泣いてたんだよな。

戦犯管理所で私たちの面倒をみてくれた中国人の金源《きんげん》先生に、聞いたんだよ。

「なぜ中国は私たちを解放したんでしょうかね」。すると先生いわく「中国はもう日本と戦争するのはこりごりなんです。死にたくないんです。そのためにあなたがたを解放するんです。もしあなたがたを処刑したら、日本の人たちは腹を立ててまたわれわれと戦争したくなるでしょう。戦争はもうやめましょう。日本に帰ったら平和で豊かな生活をしてください」。中国の寛大政策で私たちの命は助かったんです。

私は戦犯管理所で自分の罪を認めるようになった。だけどね、本当に自分が中国でとんでもないことをしたとわかったのは、ずっとあと、結婚して子どもたちが生まれてからだね。娘が病気した時に私、病院に見舞いに行ったんだね。そしたら娘が私の顔見て、にこーっと笑ってね。ああ、いい笑顔だった。その時、殺された母親を追って井戸に飛びこんだ、あの子どものことを思い出して、申し訳ないと心から思った。育っていく子どもたちを見ながら、生活の中で、戦争だけはいかんという私の気持ちも、だんだん固まってきたんだよ。

十六年ぶりに、復員船でやっと日本に帰ってきた。京都の舞鶴港から千葉の浦安の家に戻って「おっかあ、いま帰ったよ」。

おふくろはかまどのそばに座って、私の好きな小豆を煮ておった。目が片方見えなくなっててね、しゅっと振り向いて私の顔をじーっと見て、この脚を触ったの。「てめえ、おばけじゃねえなあ」って、にたーっと笑った。三ヵ月後、十月の半ばにおふくろは私の帰りを待っていたように死んじゃったね。死ぬ前に、私のほおをなでまわしてね。私はおふくろのおっぱい触ったんだ。やっぱりなつかしいもん。もうぺしゃんこだった。おれはこのおっぱいで育ったんだなあ、と思ってね。

戦場では私もたくさんの兵隊が死ぬのを見たが、みんな「おっかあ」、「おかあちゃん」。小さい声で二こと三こと言って死んでいったよ。天皇陛下ばんざい、なんて誰も言わなかった。

母親ってのは大きな存在だよ。私は五人きょうだいの二番目だったけど、「銭くれ」っていうと「ばかやろう」ってぶったたかれてたからね。怖かったよ。それでもおやじの顔は思い出さなくても、おふくろの顔はどこでもはっきり覚えているからね。


忠君愛国［＊7］で戦って、十六年も苦労したのに、帰ってからの生活はほんと、ひどかった。仕事見つけても履歴書出すと、「ああ、シベリア帰り［＊8］ねえ」でアウトだよ。中国におった、それでクビだよ。帰ってから二年ぐらいは刑事につけ回されてね。だから会社も嫌がるわけだよ。

私らは兵隊の時には、お国のために命かけて戦ったのに、帰ってきたら洗脳されたとか極悪人とか言われて、頭にきちゃったよ。偉い人たちは私たちを置いて帰っちまった。命令で動いた私たちが残され、戦犯になった。


ばかみたいなもんだよ、兵隊は。やれって言われれば殺しでもなんでもやんなくちゃなんない。死ねって言われたら死ななくちゃなんない。何の権利もないの。消耗品だよ。兵隊は人間であって人間じゃないんだよ。

だから私はみんなを不幸にする軍隊なんかいらない、戦争はしちゃいかん、と言い続ける。銃を持たんでも戦争を防ぐことはできる。本当は、それが立派な愛国心だと思うよ。

＊1 銃剣　銃の先に剣を着装したもの。

＊2 八路軍　日中戦争時、主に華北で戦っていた中国共産党軍の通称。

＊3 殺し、奪い、焼き尽くす　食糧を奪い、一般人を殺害し、村を焼き尽くした日本軍の蛮行は中国の人々から「三光《さんこう》作戦」と怖れられ、日本兵は「日本鬼子《リーベンクイズ》」と呼ばれた。

＊4 シベリア抑留　ソ連軍に武装解除された日本人捕虜約五十七万五千人はシベリアに抑留され、苛酷な労働や寒さ、病気などで約五万五千人が死亡したとされる（二〇一四年現在・厚生労働省の調査より）。

＊5 撫順戦犯管理所　中国遼寧《りょうねい》省の撫順にあり、満州国皇帝溥儀《ふぎ》や、約千人の元日本兵を収容した。周恩来《しゅうおんらい》首相（当時）の指示で戦犯たちは人道的な扱いを受け、戦場で犯した罪と向き合った。一九五六年に裁判で有期刑の四十五名以外は全員起訴免除となる。（四十五名も一九六四年までに全員帰国）。元戦犯たちは翌年「中国帰還者連絡会」を結成。日中友好、反戦平和のために活動を続けた（二〇〇二年に解散）。

＊6 軍人勅諭　明治天皇が一八八二年に軍人に与えた勅諭。上官への絶対服従を説いた「下級のものは上官の命を承《うけたまわ》ること実は直《ただち》に朕か命を承る義なりと心得よ」の一文がある。

＊7 忠君愛国　愛国心を持って君主（天皇）に忠義を尽くすこと。

＊8 シベリア帰り　戦後、アメリカ、ソ連の二つの大国を中心に始まった冷戦体制では、アメリカ占領下の日本もGHQの主導のもと反共産主義をとったため、アメリカや日本国内では共産主義に共感を抱く人々を弾圧する「レッドパージ」も行われた。敗戦後、ソ連や中国で収容されて帰国した人たちも、共産主義の影響を疑われ思想や行動を監視されることがたびたびあった。

SANTA MONICA

金子安次さんへの手紙

関口純平　せきぐち　じゅんぺい
一九九三年生まれ　東京都出身　二十二歳　大学生

金子さんにとって、母親は特別な存在なんですね。死を覚悟して出征する兵隊にとって、母の「生きて帰ってこい」って言葉は、本当に大切なものだと思いました。現代だって、自分のことを考えてくれる人が、一人でも多い方が幸せです。

人を殺すこと、仲間が殺されること、飢餓《きが》や積み上げられた死体、そのすべてが金子さんから「ふつうの神経」を奪って、人を殺し、井戸に落とし、強姦し。どこまでが命令で、どこからは意思だったのか、今も、その当時の金子さんもわからなかったんじゃないですか。自分の意思がどこにあるのかわからずに、行動や判断することは、とても怖いことだと思いました。

兵隊は何の権利もない消耗品で、人間ではなかったと言っていましたね。そこで生き抜くためには人間であることを捨てなければいけないとしたら（無理やり捨てさせられたとしたら）、兵隊に人間的、道徳的な判断を求めることはむごいことです。シベリア、戦犯管理所での十一年間を経て（戦争体験は戦中だけじゃなくて、その人の死ぬまでの体験だと知りました）日本に帰ってきた時、金子さんのことを、「洗脳されている」とか「極悪人だ」とか言った人は、同じ戦争の時代を生きたのに、その恐ろしさを知らない人だと思います。戦争の責任は好戦的だった指導者や人を殺めた兵隊だけでなく、それを許した（戦況に一喜一憂していた）市民も感じなくてはいけません。

僕は大学のゼミなどで、ナチスやホロコーストについて勉強しました。金子さんの体験を読んだ時、「強制収容所の生還者」のことを思い浮かべました。

強制収容所は従順であることが、死に直結する場所でした。そして、多くのユダヤ人が虐殺されました。強制収容所の生還者には、生き延びるために、同じ囚人からパンを盗んだ人や虐殺を手伝った人もいました（彼らも手伝うように命令されたのです）。戦後、金子さんが戦地でのことを悔やんだように、生還者も収容所で自分がしたことに苦しみました。

生還者と金子さんの境遇が同じだったとは思いません。でも、どんな戦争にも「被害」と「加害」が入り混じった、混沌とした苦しみがあるのですね。

こうして手紙を書くと、少しずつ戦争というものがイメージできてくる気がします。

「ふつうの神経」を持った現代を生きる人たちが、抵抗なく人を殺せる時代が来るとはとても想像できません。でも、それは戦前だって同じだったと知りました。あの時代は野蛮な特別な時代だったと考えるんじゃなくて、同じことが繰り返される可能性があるということを、忘れずに生きていきたいです。現代を生きる人たちは「ふつうの神経」を考え直すことが大切だと思います。なぜ、暴力がダメか、戦争がダメか、そんなことを考え続ければ「ふつうの神経」は強固になって、戦争を防げるかもしれないし、戦争が起こっても、人のあるべき姿でいられるじゃないかと、僕はそんなことを考えています。

金子安次さんが戦争をどのように感じたのかを知ることができ、戦争体験というものをひとくくりではなく、一人の人間の体験として、正面から向き合うことができました。金子さん、ありがとうございました。

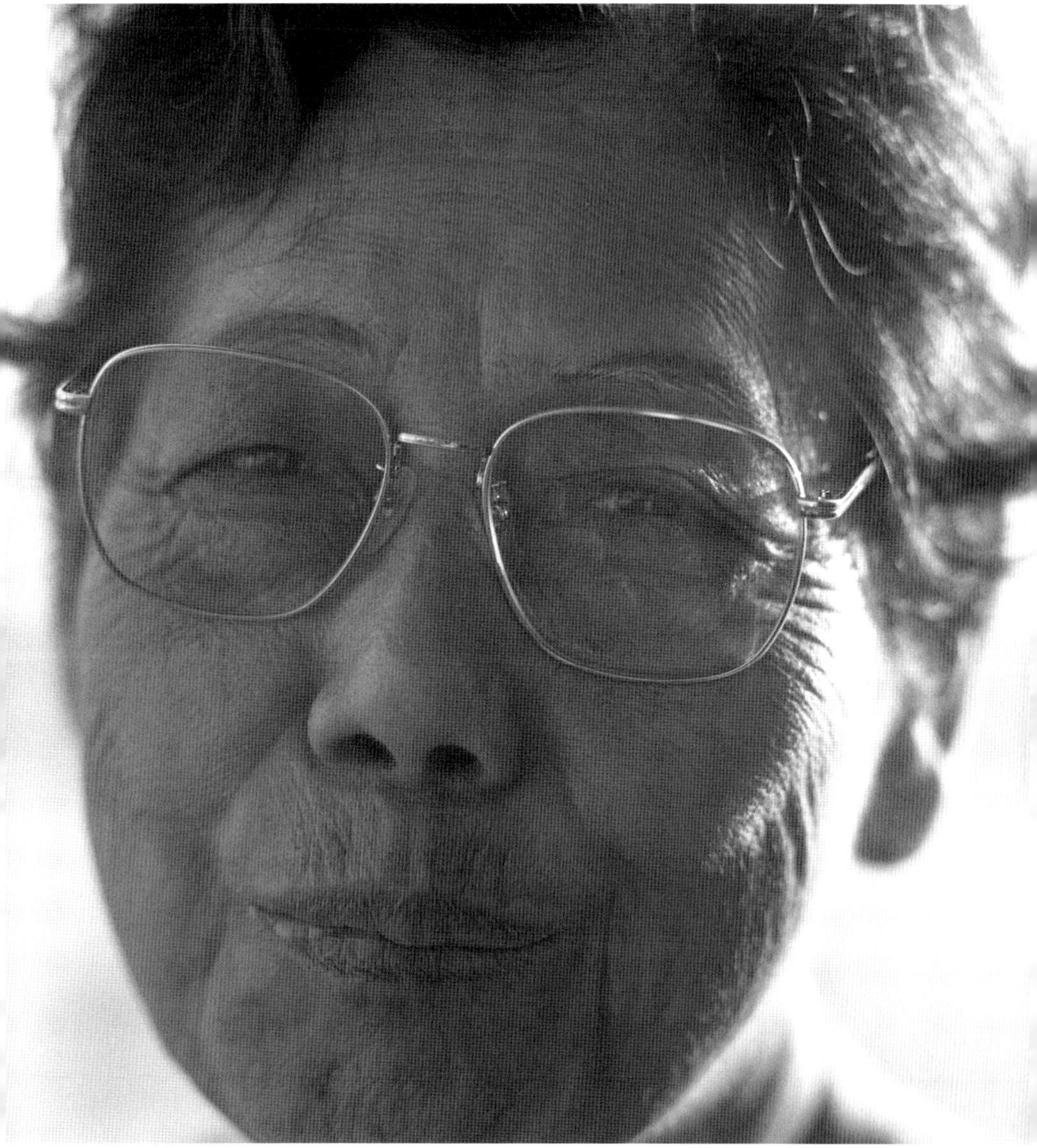

ずいせん学徒看護隊に従軍

宮城巳知子《みやぎみちこ》さん

1926（大正15）年 0歳 4月12日 沖縄本島中部北谷村（現・嘉手納町）の農家に誕生。6人兄姉の末っ子

1941（昭和16）年 15歳 県立女子工芸学校（後の首里高等女学校）に入学
12月8日 マレー半島上陸、真珠湾攻撃
アジア・太平洋戦争開始

1944（昭和19）年 18歳 10月10日 汽車で通学中に十・十空襲に遭う

1945（昭和20）年 19歳 3月27日 ナゲーラ野戦病院壕前で卒業式
翌日、ずいせん隊61名が62師団石部隊に入隊
4月1日 米軍、沖縄本島に上陸。地上戦開始
5月 日本軍、首里の攻防戦に敗北
ずいせん隊に南部への撤退命令が下る
6月 学徒隊に解散命令
22日 第32軍首脳陣指揮の戦闘終結
自ら命を断とうとするが、米軍の捕虜となる
8月15日 敗戦
9月7日 第32軍奄美・先島守備隊
沖縄の森根で正式に降伏調印

1951（昭和26）年 25歳 9月 サンフランシスコ平和条約調印
沖縄は米国の施政下に

1972（昭和47）年 46歳 5月15日 沖縄、日本復帰

1988（昭和63）年 61歳 3月 戦後40年続けてきた小学校教諭を退職
ずいせん隊の語り部、平和ガイドになる

2010（平成22）年 84歳 講演回数300回を数える

日本人は沖縄を差別したってことが、ずっと頭のなかにあるさ

アジア・太平洋戦争末期、戦場となった沖縄では、県民が根こそぎ動員され、中学生まで戦闘に参加させられた。米軍上陸直前の一九四五年三月、女子生徒たちは、「学徒看護隊」として各部隊や野戦病院壕《ごう》に配属される。そこで待っていたのは、十代の少女たちにはあまりにも過酷で危険な仕事だった。宮城巳知子さんが所属した「ずいせん隊」は、艦砲射撃《かんぽうしゃげき》の飛び交う戦場の最前線にまで送られ、半数以上の仲間が尊い命を落とさなければならなかった。

「ずいせんの塔」（糸満市）をお参りした日には、涙が出る。みんなはあんなに早く逝《い》ってしまったのに、私一人生きながらえてしまって……。あの戦争で亡くなった三十三名の友達の顔は、今でも一人ひとり思い浮かべることができる。うちはあんたがたのことを、一人でも多くの人に知ってもらいたくて、話をしているよ。

うちたち、県立首里《しゅり》高等女学校の四年生が、「ずいせん学徒看護隊」[*1]として動員されたのは、一

九四五年三月。その前の年の十二月までに、疎開《そかい》する人はしなさいと命令があったわけ。ところが、うちなんかは、ウーマク（おてんば）だから、女だってお国のために働く、絶対疎開しないと言っていた。母親は心配して、「メーナラナラーセーナランドヤー（自分が前に前にと積極的にするなよ）」と言うの。あの頃は、なんでうちの親は、戦争に行くのを喜んでいないのか、頑張ってきなさいと言わないのかねと、がっかりしたさ。

結局、入学した百五名のうち六十一名が、ずいせん隊員となった。

卒業式の日、三月二十七日のことはよく覚えている。昼間は艦砲射撃［＊2］が激しいから、夕方攻撃が止んでいる間に、ナゲーラ壕（陸軍野戦病院）［＊3］の前にテントをはって、その中で卒業式をやったんだよ。中隊長とか軍医が来賓《らいひん》で、うちの学校からは校長先生と四年生の担任二人だけ。校歌を歌って、「海行《ゆ》かば」って軍歌があるさ、あれ大きな声で歌っていたら、途中で、米軍の飛行機がぶーんて飛んで来たわけ。急いで防空壕に入り、卒業式はそれでおしまい。

そのあと、陸軍六十二師団・石《いし》五三二五部隊にそのまま入隊したの。「部隊の指示に従って、お国のために一生懸命働けよ」と言って、先生たちは帰ってしまったさ。ひめゆり隊［＊4］は先生が引率していったけど、うちらは生徒だけ残されて、心細かったよ。

衛生兵［＊5］という下っぱのものが、私たちをこき使うわけ。今の生徒ならそんなことないだろうけど、あの頃の生徒だから、使いやすいさ。砲弾が飛びかう中、飯《めし》上げ［＊6］しろとか、水を汲《く》んでこいとか、反発したら殺されるという恐怖があるから、何でも言われたら、気をつけして「はい、はい」とやったよ。男も女もない、初年兵扱《しょねんへい》いさ。

四月一日には、米軍が沖縄本島中部の西海岸から上陸して、いよいよ地上戦が始まったさね。うちら中部出身者は最前線の浦添《うらそえ》・仲間《なかま》に派遣されて、そこで、一人目の戦死者、真栄城《まえしろ》信子さんが亡くなった。トラックに負傷兵を乗せている最中に、艦砲射撃の破片が飛んできて、横っ腹をやられて、それで出血多量で。汽車の中で歌ったり、学校までの坂を追い越し追い越されしながら通ったり、飛行場作りの作業に行ったり、汽車通学の人は、いつも行動が一緒だったのに……。それから「うちたちも、いつかは死ぬのかね」って、怖くなってきたわけよ。

仲間の壕は危険が迫《せま》ってもうこれ以上はいられないから、ナゲーラ壕にまた戻った。負傷兵が毎回トラックいっぱい運ばれて来て、壕の中は、足の踏み場もないほど。爆撃が激しくなって外には出られないから、壕の中でおしっこも座ったままするし、血なまぐさいし、あの臭いは一生忘れられないね。

そのうちに食糧も不足してきて食事も三日に一回あげるだけ。医療品もなくなって、ないないづくし。それでも負傷兵が運ばれてくるでしょ。治療も何もできないの。傷口からはウジがわくし、痛さをこらえきれず、バタバタと死んでいく人も多くなった。その死体を、砲弾が落ちてあいた穴の中に捨てに行くことまでやらされたさ。生き地獄だったよ。

そんな時でも、偉い人には薬もあったんだろうね。壕の入り口で、軍医が階級を聞いて「手術台へ」と言ったり、沖縄の防衛隊［*7］の誰々だというと、「ほっとけ」と言ったり、知らん顔してみたりした。

今考えてみると、あれが差別というものだったんだね。戦争が終わってから、日本人は沖縄を差別したってことが、ずっと頭の中にあるさ。

　五月に入ると、日本軍が首里の攻防戦に敗れて、うちたち看護隊にも南部に撤退《てったい》するようにという命令が下った。二人一組でなんとか歩ける兵隊さんをかついで、暗い夜道を、雨にずぶぬれになりながら、艦砲射撃をくぐりぬけ、移動したさ。こっちも栄養不良だし、負傷兵がもたれてくるから重いさね。全身だるくなってくるさ。

　その途中、識名壕《しきなごう》で休憩になったときのこと。そこでは同じ第六十二師団の「でいご隊」が働いていた。軍医か何かが、「注射器を持って、壕の中の、担架《たんか》に乗っている人に一人ずつ、注射を打ってこい」と言ったの。うちは臆病《おくびょう》者だから、びくびくしながら、担当の人のところにいったら、「看護婦さん、ちょっと待ってください」と言われたさ。壕の中は真っ暗で、ろうそくしかつけていないから顔もわからん。その人は「私は沖縄の防衛隊で金武《きん》村の者だけど、留守宅に、妻と幼い娘がいます。あんたが、もし生きのびたら、私がここで死んだことを家族に伝えてほしい」と住所を書いたものを渡すの。うちは「兵隊さん、私はこれから竹富に行くから、その途中の道端か、畑の真ん中で、倒れて死んでしまうかもしれないのに、あんたの願いを届けることはできません」と断ったよ。注射はとうとう打つことができずにそっと捨てて、その場を逃れたわけ。

　南部の米須《こめす》に着いたら、「あの注射打ったら、すぐにあの世行き。楽に死なす毒入り注射だったたってよ」といううわさ話さ。友達同士「お互いに大変なことしたね」と、わかった時にはすべて終わっているさね。

戦後しばらくして、金武村に行ったけど、兵隊さんの家族は見つからなかった。その人はあの翌日、アメリカ兵の捕虜になって、戦後も長生きして数年前に亡くなったということを、でいご隊員だった人に、あとから聞いたの。

「毎年、でいご隊の慰霊祭に来て、『私はでいご隊の女学生に助けられた』と言ってたけど、その女学生っていうのは、あんただったんだね」

そのことは、戦争が終わって何年も、誰にも話せないで黙っていたさ。だって、日本軍にばれたら、軍の命令にそむいた戦争犯罪人として引っぱられたりはしないかねぇという恐怖があったからね。

戦争が終わって、沖縄はアメリカに売られたわけさ。売ったのは日本政府。戦争に負けたから。本当は賠償金《ばいしょうきん》〔＊8〕たくさん払わなきゃいけないが、この沖縄を、軍用基地にしようが、何しようが好きにしていいと言った〔＊9〕から、アメリカが喜んだわけよ。そしてアメリカは沖縄を軍用基地にしたんだ。うちたちの島をぶんどって、こんなに平坦《へいたん》にして。うちが子どもの頃遊んだ小川も、通った学校も、肥《こ》え桶《おけ》運んだ畑も道も、みんな嘉手納《かでな》基地〔＊10〕の中にあったんだよ。

みんなは「戦後は平和だ、平和だ」と言ってるけど、うちなんか平和って思っていないの。しょっちゅう、基地の爆音の中にいるさ。朝の四時や五時から、夜中にも離着陸するさあねぇ、自分勝手に。沖縄の人のことなんか全然考えていないさ。沖縄にはまだ戦後はないと思っている。

天災は止められないけど、人災は止めることができるってことを、覚えていて。戦争は人災だよ。戦争っていうのはね、上の人が勝手して、またやるかもしれないよ。その被害を受けるのは国民だよ。あれたち、偉い人は、戦争に行かない。どうしたら阻止《そし》できるかを、みんなで考えて。それには、歴史を勉強しなさいというわけ。過去の反省をしなければ、前進はないよ。

＊1 ずいせん学徒看護隊　沖縄戦では女子中等学校などの生徒が「学徒看護隊」に動員され、食事の世話や負傷兵の看護、死体の埋葬などをさせられた。「ずいせん隊」は県立首里高等女学校の生徒により編成されたもの。兵士同様に戦場の最前線にまで送られ、隊員六十一名のうち三十三名が命を落とした。生徒の戦場への動員は法的には根拠がなく、志願という形がとられていた。糸満市には県立首里高等女学校の犠牲者を慰霊する「ずいせんの塔」がある。

＊2 艦砲射撃　軍艦に搭載された大砲（艦砲）で、海上、陸上にいる敵を攻撃すること。沖縄戦では米軍による艦砲射撃と空襲が約三カ月間にわたって県民に襲いかかり、すさまじい脅威は「鉄の暴風」と呼ばれた。

＊3 壕　沖縄には自然洞窟（壕）が随所に散在し、「ガマ」と呼ばれる。沖縄戦の時には、米軍のおびただしい砲弾から身を守るために住民が壕に身を隠し、また日本軍守備隊が司令部や野戦病院としても使った。しかし日本兵が、先に逃げ込んでいた住民を追い出したり、泣き止まない幼児や降参しようとした軍の秘密を知っている者などを殺害する「住民虐殺」も起こった。日本軍は住民にも軍と一体となった共生共死を求め、慶《け》良間《らま》諸島や沖縄本島のガマで住民を「強制集団死」に追い込んだ。

＊4 ひめゆり隊　沖縄県立第一高等女学校、沖縄師範学校女子部から編成された学徒看護隊。引率教師・学徒二百四十名のうち百三十六人が死亡。「ひめゆり」「ずいせん」のほかに、「白梅」「なごらん」「梯梧《でいご》」「積《せき》徳《とく》」などの学徒看護隊もあった。

＊5 衛生兵　軍医の下で、傷病兵の治療にあたる兵隊。

＊6 飯上げ　戦場で危険をおかして食事を外から壕の中まで運ぶのも、学徒看護隊の役目だった。

＊7 防衛隊　おもに沖縄戦において、兵力不足を補うために現地で召集された非正規軍の部隊を指す。年齢も十七歳～四十五歳と幅広く召集され、多くの犠牲者を出した。

＊8 賠償金　一九五〇年六月に朝鮮戦争が始まり米ソの冷戦が激化する中で、アジアの安全保障を重視するアメリカは、第二次世界大戦のすべての交戦国に日本への賠償金

請求権を放棄するように求めた。それは、日米安全保障条約の締結と抱き合わせであり、賠償の軽減と米軍基地の提供、沖縄の日本からの分離は、表裏一体で進められた。

＊9 沖縄を〜好きにしていいと言った　一九四七年九月の「天皇メッセージ」をさす。新憲法の下、象徴になった昭和天皇は「アメリカが、沖縄をはじめ琉球の他の諸島を、日本に主権を残存させた形で、長期―二十五年から五十年ないしそれ以上―にわたって軍事占領し続けるべきだ」と述べた。

＊10 嘉手納基地　沖縄の中部に位置する東アジア最大の米空軍の拠点。広さは東京ディズニーランド三十九個分。F15戦闘機を主力に約百機が駐留する。一九五九年には児童十一人住民六人が死亡する「宮森小米軍機墜落事故」があったが、嘉手納基地内外での墜落事故は他にも何度も起きている。騒音被害も県内で最もひどく、住民が起こした裁判では、国に損害賠償が命じられている。

宮城巳知子さんへの手紙

南茂《なんも》芽育《めい》
一九九二年生まれ　大阪府出身　二十三歳　大学生

こんばんは。巳知子さんの手記を読ませてもらいました。しんどい思いを話してくれて、ありがとう。私は今、こうして巳知子さんにお手紙を書くことができるということをとても嬉しく思っています。すごく、どこかでつながっている気持ちがします。

手記のなかで、巳知子さんは「女だってお国のために働く」と言って疎開しなかったとあったね。「軍国少女」って、なんでそうなれたんやろう、と今まで思っていてあんまり想像できへんかった。でも、自分だって何かの役に立ちたい、女やからって引っ込んでいたくない、そういう気持ちを親にも認めてもらえなくて「がんばりたいのになんで？」という気持ちやったんかな。もし私も当時その場にいたら、きっとそう思ったんじゃないかな、と今思います。

だから余計に、「軍国少女」だった巳知子さんにとって、沖縄の人間やとわかると傷の手当てをしてもらえん防衛隊の人を見、日本人が沖縄を差別したことを知ったとき、それが本当に突き刺さったんやろうね。そんなん許されへんわ。なんで同じように戦ってるのに差別されないとあかんねんな……。そう思うと、私にも悔しさがこみ上げてきます。「なんで私らだけ？」って。その思いを、今も米軍基地を沖縄に押しつけていることでずっと味わわせているのだと思うと、私は胸が詰まりそうになります。

巳知子さん、巳知子さんにとって平和ってなんですか。

本土に住む私のような人に対して、今何を思っていますか？

私は学校で、昔日本は戦争があったけど、今は憲法九条があるし軍隊も持たないし平和になった、と習ってきた。受験のために「国民主権、平和主義、基本的人権の尊重」と暗記もした。けど今の沖縄を見た時、そこにこの三つはあるんやろうか。選挙で基地反対派が勝っても政府はそれを国民の意見とは捉えない、治外法権のように米軍犯罪が何度も何度も起こる、そして今、辺野古《へのこ》にまた基地が造られようとしている。安全保障のため、沖縄の経済発展のため、いろんな言い訳をしながらずーっと戦後七十年続いてきた現状の上に私は座って、何の心配もせず暮らしている。これは私自身の問題です。私はそれを変えたい。

大事な友達をすぐ側《そば》で亡くし、どんなに怖くてつらかったやろう。注射を打てなかったことが兵隊さんの命を救ったわけやけど、それを他の人に話すと警察に引っぱっていかれるかもしれない……戦後もそれを言うのが怖いって、どんな気持ちやったんやろう。解散命令が下った時、どんな気持ちで、自分の命を絶とうとしたんやろう。

去年沖縄で、学徒隊の人たちが歩いた道のりを、体験者の証言を聞き、戦跡を巡りながら歩きました。ご飯は一日カロリーメイト三箱とポカリスエット。私の靴は破れてぼろぼろになったし、足はもうこれ以上一歩も歩かれへんと思うぐらい疲れたし、約五十キロ歩き終わったあと食べたごはんはものすごくおいしかった。でも、巳知子さんや学徒隊のみんなは、歩くだけでもしんどいこの道のりを、いつ死ぬかわからへん恐怖の中で歩いていたんやんな。そう思ったとき、私は歩きながら心底恐ろしくなりました。今頭の上を飛んでいるあの戦闘機が自分を狙ってくるとしたら。そして今も、日常的に訓練中の飛行機が落ちてくるかもしれない恐怖の中でみんな生きているんやな、と思った時、「昔の話」やった戦争と今がリアルにつながったような気がした。

自分たちを守るために軍隊は必要、国際貢献のために日本も軍事力を持って協力しないといけない、とよく言うよね。きれい事やと言われるけれど、戦争をしなくても、戦争に協力しなくても、自分や誰かの安全を守る道はきっとあると私は信じたい。巳知子さんは、どうやったら自分や誰かを守れると思いますか。使い古された質問かもしれへんけど、納得のいく答えは見つかっていません。

誰かの犠牲の上に力づくで成り立つ平和や安全ではなく、問題の根本原因を突き止める努力を私は選びたいです。

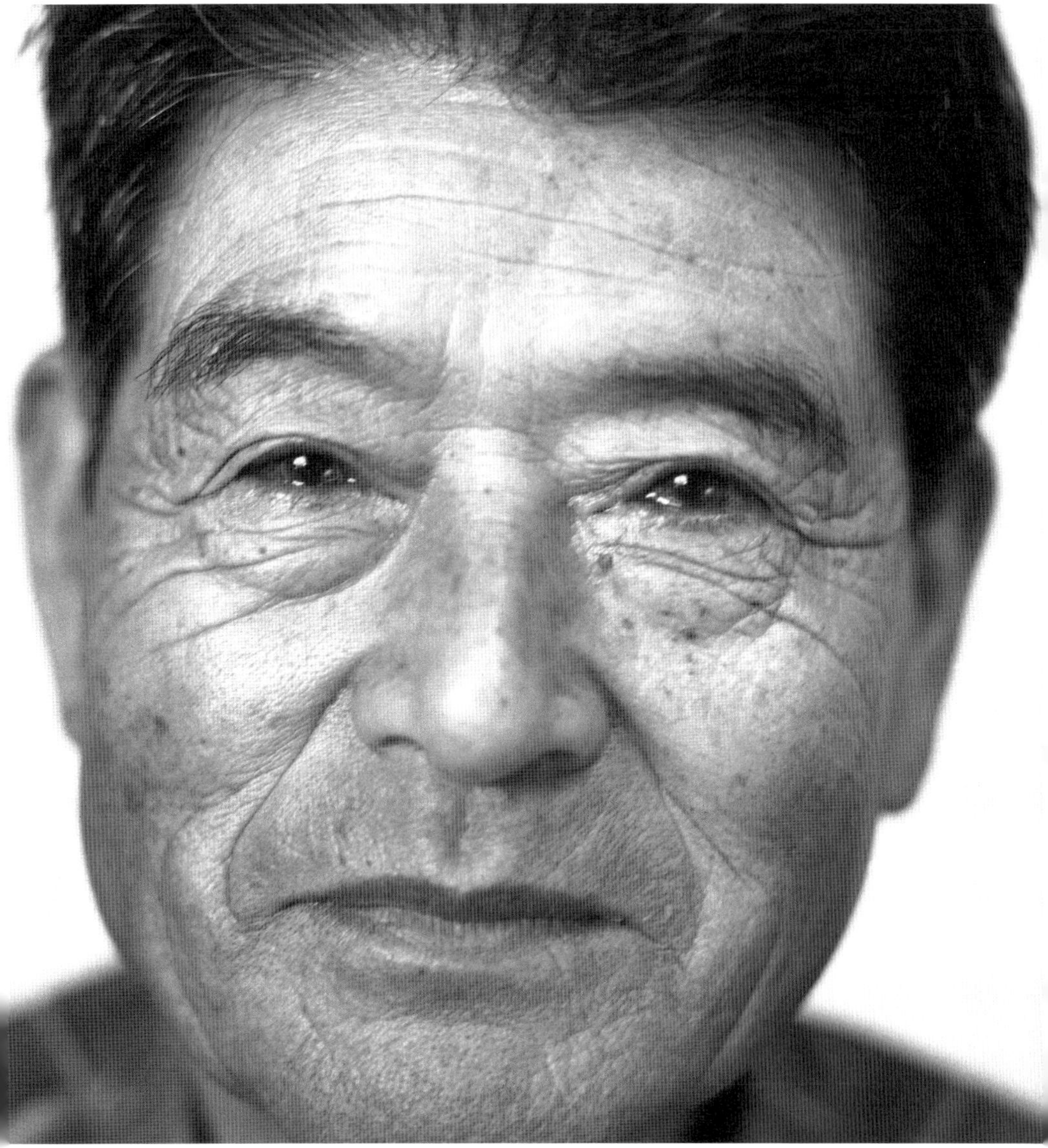

原爆できょうだいをすべて失った

池田《いけだ》早苗《さなえ》さん

1933（昭和8）年 0歳 3月24日 長崎県東彼杵郡西大村
池田郷（現・大村市）に誕生
1941（昭和16）年 8歳 12月8日 マレー半島上陸、真珠湾攻撃
アジア・太平洋戦争開始
1942（昭和17）年 9歳 6月 ミッドウェー海戦で日本海軍大敗
1945（昭和20）年 12歳 4月 西浦上国民学校高等科に入学
8月6日 広島に原子爆弾投下される
8月9日 長崎に原子爆弾投下される
妹（鈴子・6歳）死亡
8月15日 敗戦
8月16日 弟（三郎・3歳）死亡
8月17日 弟（陽恵・8歳）死亡
8月18日 妹（タキ子・10歳）死亡
8月19日 姉（寿子・14歳）死亡
1948（昭和23）年 15歳 中学を中退、寝たきりになった両親の
代わりに働き始める
1951（昭和26）年 17歳 長崎県庁に就職。夜間高校で学ぶ
1981（昭和56）年 48歳 被爆体験の語り部を始める
2015（平成27）年 82歳 現在も語り部、街に花の苗を植える
「花いっぱい運動」を継続

平和を守れるのは、生きていてこそなんですよ

一九四五年八月九日。広島に続いて長崎にも、米軍によって原爆が落とされた。十二歳だった池田早苗さんは、山の向こうに買い出しに行っていたため助かったが、五人のきょうだいが次々と目の前で亡くなるのを、なすすべもなく見送らねばならなかった。最後は一人だけ生き残り、被爆して働けなくなった両親を支え、生活に困窮する日々を送った。きょうだいを立て続けに失った喪失感はいまも癒《い》えることがない。

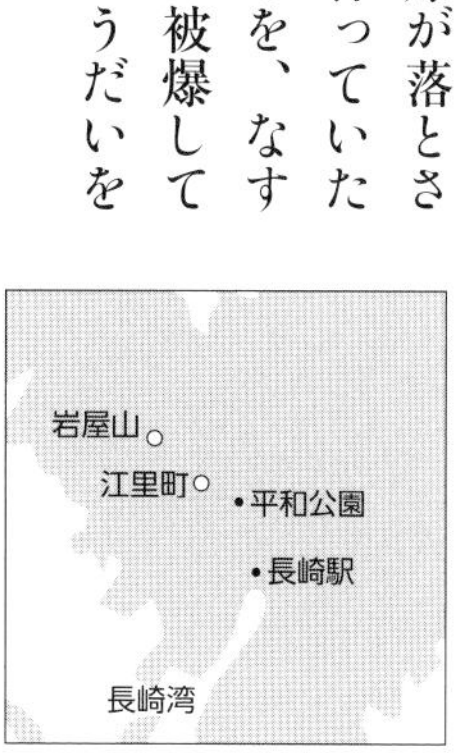

あの日、国民学校高等科一年だった私は母親と、岩屋山《いわやさん》の向こうの農家に買い出しに行っていました。山道を歩いていた時です。上空にB29［*1］が現れたと思ったら、次の瞬間、「ぴかっ」。緑色のすごい光が目に入ってきました。それから爆風が来て、気がつくと私は大きな木にしがみついて、母は草むらに転がっていました。何が起こったのかわかりませんでした。

家に帰る途中で見たのは、背中に火がついて走り回る牛。燃えさかる兵舎で、真っ黒こげになって死んでいる兵隊さんたちでした。「水をくれ〜！」と叫んだおじさんは目と歯だけが白く、「すごい爆弾が落とされて、長崎の街は全滅した」と言う。高台まで来て見ると、本当に街が消えていました。ようや

くたどりついた西町（現・江里町《えりまち》）の私の家も、こなごなになっていました。

私は六人きょうだいの長男です。十四歳の姉、私、その下に十歳、八歳、六歳、三歳の弟妹がいました。あたり一面、家がバラバラになった中に、父が畳を二枚敷いて子どもたちを集めていました。ですが、六歳の鈴子がいないんです。姉ちゃんが「鈴子は家から出ていったよ」。私は捜しに行きました。近くの溝の中で、たくさんの人が死んでいました。その中に、真っ黒焦げで背格好《せかっこう》がそれくらいの子がいて……。顔はもう溶けてしまってないんですけど、姉ちゃんが「上半身裸で、赤い花柄のパンツをはいていた」と言ってたから、焼け残ったパンツのゴムひもをひっくり返したら、残っていました。二、三個だけ、赤い花柄が。

私は「どうしてこんなひどい爆弾を落としたのか」と、泣きながら鈴子を抱えて帰ったんですよ。

その夜は、暗闇の中で悲鳴があっちからもこっちからも聞こえて、最初は大きかったですけど、朝方になると小さくなって、たいがいの人は死んでしまっているんです。

汽笛を鳴らして救護列車が来ました。私は三歳の弟、三郎を連れて行きました。三郎は壊れた家の柱にはさまれて、腰をくだいていたんです。

病院へ行けるというので大勢の人が背負われたり、這《は》いながらやってきましたが、ホームがないただの踏切でね、汽車が高くて乗れんのです。三郎にはとても無理です。私は思いました。「汽車に乗れたところで、どこに連れて行かれるかわからん。助からんのならみんなと一緒にいるほうがいい」。道ばたには、汽車を待ちながら、乗りきらんで死んだ人があふれていました。

一週間して、八月十六日に三郎は死にました。父が、「まだ看病で手がかかるのがおるから、一人で三郎を火葬してきてくれないか」と言うんです。私は木ぎれを積み上げ、ござにくるんだ弟を抱いて、その上に乗せ、下からマッチで火をつけました。そしたら弟は火の中で関節を伸ばして、ひざかひじの関節が「ぐしっ」と音をたてました。今でも、ぐしっという、その音が耳に残っています。

真っ赤な火の中で燃えていくのを、私は手を合わせて拝みました。この子は真珠湾攻撃の日におぎゃあと生まれ、終戦の翌日に死んだんです。「かわいそうに、戦争の日しか生きれなかったね。平和な日を一日も生きられんかった。お菓子を食べることも、遊ぶこともなかったね。さよなら、さよなら」。

弟を火葬してから、私はすごく悲しそうな顔をしていたんでしょう。翌十七日には八歳の弟、陽恵《ようじ》が、十八日には十歳の妹、タキ子が相次いで亡くなったのですが、火葬の場に両親は私を連れて行かなかった。きょうだいがたくさんおると、自分の食べ物を隠したり、奪い合ってけんかしたこともありました。それでも弟や妹は可愛いかったですよ。

とうとう、きょうだいは姉ちゃんの寿子《ひさこ》と二人になりました。姉ちゃんも大けがをして寝たきりでした。十九日の午後、ぼくが姉ちゃんと留守番をしていると、小屋の前を赤とんぼが飛んでいたんです。「あら、生き物が飛んできたよ！　生きてるものがここに飛んでくるんだから、私たちも助かるとよ」。

姉ちゃんが私を呼んで、「手と足がしびれるからさすって」と言う。体にガラスが刺さっていて、さすると ザラっとする。大きい斑点《はんてん》も出ていました。近所の人が「今度の新型爆弾は悪いガスを出したから、斑点が出る、斑点が出たら死ぬ」[*2]と噂《うわさ》をしていたので、たまらない気持ちでした。

「日本は戦争に勝ってるね」と姉ちゃんに聞かれ、私は負けたことを知っていたけれど、勝ってる、と言った。姉ちゃんはよろよろと立ち上がって、天皇陛下ばんざいと言い、倒れ込んでもう起きることはできませんでした。

姉ちゃんは十四歳の若さです。兵器工場で女子挺身《ていしん》隊［＊3］として働いて、準軍属《じゅんぐんぞく》［＊4］でした。「死ぬ時は、天皇陛下ばんざいって言うんだよ」と教えられ、自分もそうしたんでしょう。のちに姉ちゃんは勲章を贈られましたが、私はそれを捨てました。


きょうだいを奪った戦争と原爆が憎いです。本当のことを言うと、アメリカが、今でも憎いですよ。敗戦後、アメリカのＭＰ［＊5］に道で出くわしたことがあって、その時、私はぼろぼろの空気銃を拾って持っていてね。「こんちきしょう」と銃をつきつけて、撃つ真似をしました。そしたらね、相手は手を上げよりましたよ。こっちは子どもなのに。

母は被爆後十年目に、原爆で目が見えなくなっていた父もその翌年亡くなって、私は一人になりました。原爆の後で右耳が膿《う》んでとうとう聞こえんようになった。クモ膜下出血で倒れた時は、だめだと思いましたが、亡くなったきょうだいのぶんも、私は生きなきゃいけない。

もうみんなの顔も忘れてしまった。なんとか顔を覚えているのは、姉ちゃんだけです。

私は十七歳の時から長崎県庁に勤めましたが、電車の中で若い女の人がきれいな手でつり革を持って立っている姿を見て、姉ちゃんも生きとったらこんなふうかな、ああ、前に回って顔を見たいな、と思ったこともありましたよ。見きらんかったですけどね。

定年退職した私は、千坪の大きな農園を借りて、花や野菜を育て始めました。子どもや孫にも恵まれて、今は幸せです。きょうだいをみんな失った寂しさは通り越したと思っているけれど、結婚して家族を持ったあとも時々、山の中に入って、大声で泣きました。

私は寂しい人間になってしまったですね。農園に行くと言うと、だれもおらんで寂しくないか、と聞かれるけど、そういうところのほうが自分に似合うというか、居《お》りごこちがいいんです。寂しいっていうのは、つらいことではないんですよ。寂しさも一つの力になるから。そういうのが、ちょっと人とは違うんだと思います。

私が大事にしているのは、生きることです。語り部で子どもたちに話をすることも多いのですが、生きたくても生きられなかったきょうだいのことが頭に浮かんでくるんですね。

「死んでしまったら、何もできないんです。平和を守れるのは生きてこそなんですよ」。子どもたちには、そうお話ししています。

＊1 B29と長崎の原爆　一九四五年八月九日午前十一時二分、広島に続いて長崎にもB29爆撃機「ボックスカー」がプルトニウム型の原子爆弾を投下した。被爆六十九周年長崎原爆犠牲者慰霊平和祈念式典（二〇一四年八月九日）での原爆死没者名簿登載者数は十六万五千四百九名。

＊2「今度の新型爆弾は……」　当初は新型爆弾が原子爆弾だと知らず、ガスを浴びたと思っている人も多かったことから、このような噂も流れた。

＊3 女子挺身隊　一九四三年九月に女子挺身隊が制度として創設。二十五歳未満の女子が動員された。翌四四年には、一年間の勤労奉仕を課す「女子挺身勤労令」が出され、工場などへ配置された。長崎でも多くの若い女性たちが工場、事業場で働いている最中に被爆した。

＊4 準軍属　軍人でないが軍に所属する身分の者。軍需工場に徴用された女子挺身隊なども含まれた。

＊5 MP　戦後、日本を占領していた進駐軍の憲兵隊。「Military Police」の略。

池田早苗さんへの手紙

市村　平《いちむら　たいら》
一九八九年生まれ　千葉県出身　二十六歳　ＮＰＯ職員

拝啓
大切な証言を読ませていただきました。貴重な証言をありがとうございます。
私の好きな歌の中に、こんな歌詞があります。

簡単な事なのに　どうして言えないんだろう
言えない事なのに　どうして伝わるんだろう

一緒に見た空を忘れても　一緒にいた事は忘れない

あなたが花なら　沢山のそれらと
変わりないのかも知れない
そこからひとつを　選んだ
僕だけに　歌える唄がある
あなただけに　聴こえる唄がある

（「花の名」　作詞・藤原基央）

大切な人が、目の前で次々に離れていってしまう状況、証言を読んだり聞いたりしただけでは計り知れない、複雑でつらい苦しい思いがあったかと思います。その思いにどれだけ寄り添えるか、この手紙を書くにあたって大事にしたいことでした。

私のことを簡単にお話させてください。私は平成元年に生まれ、千葉の山と田畑に囲まれた地で、父と二人で生活をしてきました。オーケストラに憧れ、中・高とトロンボーンという楽器をやってきました。高校二年の時のことです。父は私を置いて行方がわからなくなりました。父の所在がわかったのは、大学四年の秋です。末期がんで入院をしていました。そのまま、父は他界しました。

私は、父がいなくなって初めて気づいたのが、私を愛してくれる人がそこにいたということです。また、愛したいと思う人がそこにいたということです。余計な言葉がなくてもわかり合える人がいたということです。池田さんの証言を読んで、そんなことを改めて思い出しました。

鈴子さん、三郎さん、陽恵《ようじ》さん、タキ子さん、寿子《ひさこ》さん、お母さん、お父さん、それぞれが最後に見た世界は決して平和とは言えない世界。何を思っていたのでしょう。何をしたいと思っていたのでしょう。誰を愛していたのでしょう……考えれば考えるほど、苦しくなります。苦しさだけではないこの感情を、言葉でどう表現していいのか、今の私にはわかりません。

池田さんはこの葛藤《かっとう》をずっと、ずっと繰り返していたのですよね。その葛藤を一人で抱えてきたのですよね。寂しい思い、苦しい思い、憎い思い、悔しい思い……たくさんの複雑な思いを抱え、一歩一歩進んできたのでしょう。お父さん、お母さんをはじめ、ごきょうだいのみなさんもきっと天国で思っていることと思います。生きていてくれてありがとう、と。

池田家はどんなご家族でしたか？　好きな夕食はなんでしたか？　家の中はどんな匂いでしたか？　聞きたいことがたくさんあります。

私も一歩ずつ、一歩ずつ前に進んでいきたいです。平和な日がくることを祈りながら。

敬具

山谷伸子《やまたにのぶこ》さん

満蒙開拓団の後、中国内戦を生き抜く

1925(大正14)年 0歳 3月7日 福島県信夫郡鎌田村(現・福島市)の農家に誕生
1931(昭和6)年 6歳 日本人移民、満蒙開拓団が入植開始
1932(昭和7)年 7歳 中国東北部に「満州国」建国
1944(昭和19)年 19歳 12月 満州に渡る。福島村開拓団に滞在
1945(昭和20)年 20歳 8月9日 ソ連軍が満州へ侵攻
佳木斯駅より無蓋車で逃亡
8月15日 敗戦
9月2日 長春(新京から改名)に到着
日本の敗戦を知る。翌日から砂糖工場で働く
1946(昭和21)年 2月 工場の経営者・馬文江氏と結婚
1947(昭和22)年 22歳 10月25日 男児出産
1948(昭和23)年 23歳 8月 飢餓地獄の「チャーズ」に入る
生後10カ月の子を中国人に託し、その後
共産党幹部の子守りをして生き延びる
1949(昭和24)年 24歳 10月1日 中華人民共和国建国
1953(昭和28)年 28歳 8月 引き揚げ船で単身、日本に帰国
数年後に日本人男性と再婚、男児出産
1993(平成5)年 68歳 生き別れた子を探しに長春へ、再会叶わず
晩年は息子一家と千葉県に暮らし、
草取りボランティアに勤しむ
2012(平成24)年 86歳 1月27日 逝去

生き別れたあの子に会えたならば、「申し訳なかった」と言いたかった

一九三二年、中国東北部に建国された「満州国《まんしゅう》」。日本政府は、「国策」として二十年間に五百万人の日本人を送りこむ「満州移民計画」を打ち上げる。四四年、山谷伸子さんは「満蒙開拓団《まんもうかいたくだん》」に加わり、福島から満州へと渡った。しかしその八カ月後、ソ連侵攻の知らせを受け、逃避行が始まる。日本が降伏した後も、開拓民たちは中国に置き去りにされ、混乱と殺戮《さつりく》の中を生き延びることを強いられた。伸子さんは、中国人との間に生まれた子どもと生き別れ、忘れられずに戦後も捜してみたが、二度とめぐり合うことはなかった。

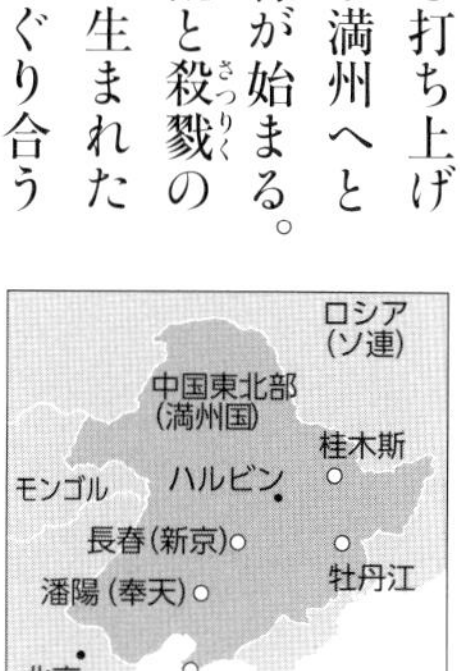

あたしには、いいなずけ（婚約者）がいたんだよ。母方のいとこで、十五歳の時に満州［＊1］へ渡ったんだ。小作人の次男坊だから、家は長男が継ぐし、満州には広い土地があるからって、「満蒙開拓青少年義勇軍《ぎゆうぐん》」［＊2］になって入植したわけ。兵役が終わったら、満州で一緒にさせるって言われてたんだよ。だから、満蒙開拓団［＊3］の福島村（開拓団）にいた分家のゆうちゃんから、「亭主が出征《しゅっせい》して一人で寂しいから、こっちに来ないか」と誘われた時、結婚したらどうせ行くんだからと思って、すぐに満州

行きを決めたんだよ。

あたしが満州に渡ったのは一九四四年の暮れ、十九歳になってたんだ。部落は、二世帯が一緒になった同じつくりの家が五軒ぐらいあったから、全部で十世帯ぐらいだったかな。あたしが着いた頃には、戦況もよくなかったんだろう、男の人はみんな徴用《ちょうよう》にとられちゃって、女、子どもしかいなかったけどね。

満州での生活は、最初は冬場だったから仕事もなくて遊んでたけど、五月初めになって種まく頃には、みんな忙しくなるでしょ。それで、子どもの面倒を見てくれって頼まれて、幼稚園みたいに部落の小さい子集めて、保母やったのよ。満州の春はね、いっせいに花が咲き出すの、ユリ、ききょう、あやめ、芍 薬《しゃくやく》も。原っぱ一面お花畑みたいで、そりゃあ、きれいだったね。

(一九四五年の)八月八日の夜だったと思うよ。開拓団の本部から「ソ連が攻めてくる［＊4］から、すぐにでも避難しろ」っていう連絡が入ったんだ。それで、夜のうちに大急ぎで荷物まとめて、部落全員で翌朝には開拓団を出たんだよ。満州にいた人たちは、あの日から、みんなそれぞれ大変だったでしょ。あたしたちは早く出たんで、佳木斯《ジャムス》の駅も近いし、すぐ汽車に乗れたんだけど、牡丹江《ぼたんこう》の手前の橋が破壊されて、通れないからってまた戻って、綏化《すいか》の方に行く汽車に乗り換えたんだよ。

汽車ったって、屋根のない豚や牛でも載せるような貨車に、ぎゅうぎゅうづめにされてね。その上、あの八月は雨が多かったから、頭から雨を浴びて体はびしょぬれだった。食べるものも、飲むものも、ろくになくて、小さい子にはきつかったんだね。普通だったら二、三時間で行くところを、二十日以上もかかって、結局長春《ちょうしゅん》〔*5〕に着いたのは九月。途中、子どもたちは次々に亡くなって、生き残ったのはわずか数人、それも五歳以上の子だけだったんだ。かわいそうなことしたね。

あたしは長春に着いたその翌日から、誘ってくれる人がいて、中国人の砂糖工場で、住み込みで働くようになったの。日本は戦争に負けたっていうし、とにかく生きていかなきゃならないでしょ。

工場を共同経営していた馬文江《マーオンジャン》って人は、男やもめで男の子が一人いたんだけど、あたしを嫁にしたくてしょうがないわけよ。周りの人たちもわかってて、ひやかされたよね。いいなずけは、ソ連に引っぱって行かれちゃって二度と帰れないだろうと思っていたし、結局は次の年の二月に、その人と一緒になっちゃったわけ。あたしは二十歳、相手は十六歳上で、連れ子はあたしと十歳しか違わないの。夫は、まあ、悪い人じゃあなかったよ、大事にしてくれたし。平和だったら、そのままずっと、あそこにいたかもしれないね。

子どもができたのは、結婚して二年め、四七年の十月二十五日だった。夫はその男の子に、馬東海《マードンハイ》っていう名を付けたんだよ。「東海」というのは日本のこと、あたしのことさ。

中国ではその前の年から内戦〔*6〕が本格化してきたんだよ。長春は、国民党軍が占領していたんだけど、東海が生まれる数日前に、共産党軍が長春の街を包囲して、ダムを破壊したんで、電気も水道も止まちゃったんだ。門も封鎖されて食糧が外から運び込まれなくなった、それが兵糧攻《ひょうろうぜ》めの始まりだったんだよ。食べものがないから、すぐにひどいインフレになっちゃって、粉袋いっぱいお札《さつ》持ってたって、大餅子《ダビンズ》〔*7〕一つ買えないのさ。手に入れたわずかな大豆をふやかして、すったもので汁作って、そこらの道端に生えている草を入れて塩で味付けしたものを毎食、半年も食べてたんだよ。下痢はするし栄養失調だし、おっぱいだって足りっこないじゃん。子どもを生かすのに必死だったよ。

子どもと長春を出るって決めたのは、東海が生後十ヵ月の時。瀋陽《しんよう》まで行けば、日本に帰れるといううわさが流れたんだよ。主人も最初は行くなって止めたけど、最後には仕方がないと思ったんだろうね。だって、ここにいたって生きられないじゃない、もう食べるものがないんだし。

長春の街の門を出て、「チャーズ」[*8]に入ったのが、四八年の八月十日だった。家の前に住んでたおばさんが持たせてくれた、米の粉と大餅子が三つばっかし入った鍋を首にしばって、子どもを前にしっかり抱いてさ。

だけど門を出されるなり、「カイゾーバ、カイゾーバ（早く行け）」って、国民党軍に後ろからバンバン撃たれるし、天秤棒かついだ大男が近づいてきて、大餅子の入ってた鍋を、アッという間にとられちゃったわけ。これから先、子どもを抱えてどうするんだか、途方にくれたよ。

チャーズは、八月だっていうのに、草は枯れてるし、食べるものはなんにもなくて、避難民があふれているんだよ。一度長春を出てしまったら二度と戻れないし、共産党側の検問所も簡単には通してくれないんだよ。あの時チャーズで餓死した人は、十万人とか言ってたね。死んだ子どもの肉を切って食ったっていう話も、後になって聞いたよ。まさに飢餓《きが》地獄だったね。

その晩はそこで越したけど、翌朝、ここで知り合ったばかりの副島《そえじま》ていう女の人が寄ってきて、「共産党の幹部の子守りするなら、通してくれるって言ってるから、子どもをここに置いて一緒に行こう」って言うの。だけど子どもをみすみす見捨てることなんてできないさ。しばらく二人で押し問答したんだけど、副島さんが今度は「子どもをもらってくれる人がいそうだ」って聞いてきてくれて、あたしも考えたの。日本に連れて行ったたって、「満人」の子だ、私生児だって言われて、かわいそうだなと思って。だったら、中国人にもらわれた方がいいかなと思ってね。ずいぶん悩んだけど、結局、あの子を抱えて、副島さんについていったのよ。

その次の日、チャーズを出て、しばらく行ったところで、李っていう子どものいない夫婦に渡したんだよ。あの子はあたし以外の人には抱かれたことなかったのに、全然知らない人に抱かれて。のぞき込むとその子がね、あたしを恨めしい顔でじーっと見てるのよ。あの時の、あの子の顔を、今だって忘れることはできないね。

それからあたしは、共産党幹部の子守りになったんだけど、生後八ヵ月の他人の赤んぼ抱いて、乳ふくませてたら、こんなことしてちゃいけないと思ったんだ。どれだけ、あの子を取り戻してこようかと思ったことか。悩んで悩んで、あきらめるより仕方なかったよ。だからね、もし今度子どもが生まれたら、その子を可愛がって立派に育てるから、勘弁してくれって、心の中で思ったさ。誰が好きで自分の子どもを他人にくれますか。子どもを手放したことほど、苦しかったことなかったよね。

結局、日本に引き揚げ［*9］てきたのは戦後八年経ってから、一九五三年に船で舞鶴《まいづる》に帰ってきたんだよ。よく帰ってこれたよね。それからしばらくして、日本人と結婚して、男の子が生まれたんだよ。

日中の国交が回復して、いつ頃からだったか、中国から親を捜しに子どもたちが来日するようになったでしょ。中国残留孤児《ざんりゅうこじ》［＊10］の写真とか名前とか出てたから、新聞は欠かさず見てたよ。万が一、あの子がいないかと思ってさ。
長野の長岳寺《ちょうがくじ》の住職で、中国残留孤児の肉親捜しを中心になって行っていた山本慈昭《じしょう》さんにも会いに行ったよ。そしたら、中国人と日本人の間に生まれた子は残留孤児とは言わんし、そういう子は、親も日本人だってこと黙っているだろうし、まず名のり出てこないって、言われたんだ。文革［＊11］みたいな時代もあったから日本人だってこと、本人が知っていたとしても隠してただろうから。それ聞いて、しょうがないかと思ったね。

再婚してできた息子が成人して銀行で働くようになって、中国の大連《だいれん》に赴任したんだよ。一人でならとっても無理だけど、息子が一緒に行ってくれて、ついに長春まであの子を捜しに行ったんだ。生き別れてから四十年が経ってたよ。この辺りだったかなあと思うところに行ったんだけど、地形まですっかり変わってて、見当つかんだよ。李っていう人をたずねてみても、結局見つからなかった。チャーズの時には、共産党側の柵《さく》の前にあった堀も、今は埋められていて柳の木がずっと植えられてたよ。昔の面《おも》影《かげ》もなかったね。戦後生まれの中国の若い人も、この街でそんなことがあったってこと知らないでしょ。

あの時は、ああするより仕方がなかったんだよ。でも、あの子がもし生きてて会えたなら、「申し訳なかった」とただ一言、言いたかったんだ。どの国でも、戦争っていうのは、人を不幸にする、苦しめるだけだよね。だから戦争なんて絶対やっちゃいけないよ。あたしらは平和な時なら考えられないようなこともやってきたわけ。いろんなことあったね。だけど、自分の人生だから、泣き言は言わんよ。

＊1 満州　一九三二年に中国東北部および内モンゴル地域に日本が建国した傀儡《かいらい》国家「満州国」のこと。一九四五年、日本の敗戦で消滅した。

＊2 満蒙開拓青少年義勇軍　一九三八年に日本政府が創設。満州を支配し安定させるために武装移民として送られた若年農業移民のこと。満十四〜十九歳の少年男子が、主にソ連国境に近い満州北部に送られ入植した。敗戦前後には多数の戦死者が出た。

＊3 満蒙開拓団　一九三一年の満州事変以降、四五年の敗戦までの間に国策として満州国へ入植した日本人移民のこと。大陸政策の要として、また昭和恐慌下の農村政策の一つとして遂行され、十四年間に農民を中心に約三十万人が移住したとも言われている。彼らに与えられた土地の多くは、現地農民から収奪した土地であった。ちなみに出身県別では長野県が一番、福島県は四番目に多くの人を開拓団として満州に送った。

＊4 ソ連侵攻　ソ連は一九四五年二月に米・英・ソで結んだヤルタ協定にもとづき、日ソ中立条約の規定を無視して、同年八月八日日本に宣戦、中国の東北地方、朝鮮、樺太に軍を進めた。日本の降伏直前のことだった。

＊5 長春　一九三二年より旧満州国の首都だった新京は、四五年八月十六日より、名称を元の長春に戻した。

＊6 (中国の)内戦　日本が降伏し日中戦争が終結した後、中国各地で起こった中国国民党と中国共産党の戦い。一九四六年一月には停戦協定が成立したが、国民党が破棄し、アメリカの支援も受けて攻勢をかけた。しかし腐敗していた国民党は、民衆からの支持を失い、次第に共産党の人民解放軍に敗北していった。

＊7 大餅子　とうもろこしの粉をかためて蒸し焼きにしたもの。当時の中国人の主食。

＊8 チャーズ　一九四七年十月、国民党軍が占拠していた長春では、共産党の八路軍が豊満ダムを占領し、電気、ガス、水道、食糧の供給を遮断した。翌年、内戦は激化し、長春は包囲される。チャーズとは、両軍の検問所、および両軍の狭間にあった緩衝地帯のこと。市民は包囲から逃れようと関門をとおってチャーズに出るが、八路軍側の関門は開けられず十万人にのぼる人々がそこで餓死し地獄絵が繰り広げられたと言われる。四八年十月十九日に長春が陥落して、チャーズは幕を閉じる。

＊9 引き揚げ　中国からの日本人の集団引き揚げは、一九四六年四月〜四八年八月に約百万人が帰国したが、国共内戦が激化し一旦終了する。この時点で、旧満州に残っていた日本人は六万人以上とも言われている。五三年に再開するが五八年には再び集団引き揚げを打ち切る。中国共産党政権と国交が成立していなかった日本政府は、七二年まで残留者対策を放棄してきた。

＊10 中国残留孤児　ソ連の満州侵攻によって、満州内陸部へ入植した開拓民らの帰国は困難をきわめ、避難の混乱の中で、身寄りのなくなった日本人の子どもは、現地の中国人の養子となり生きなければならなかった。彼らの多くは、中国の地で苦難の人生を歩んできた。七二年日中国交正常化が実現し、八一年三月戦後初めて孤児たちが来日し、厚生省(当時)による孤児たちの肉親探しがようやく始まった。その後、日本に帰国した残留孤児は二千人を超える。

＊11 文革　プロレタリア文化大革命のこと。中国で一九六六年から七六年におきた中国指導部の権力闘争を背景とした政治運動。厳しい文化・思想闘争が行われ、日本人であるとわかると、厳しく追及された。

山谷伸子さんへの手紙

呉　兆煒《ごちょうい》
一九八九年　中国・天津市出身　二十六歳　会社員

拝啓
日ざしの明るさに春の気配を感じるようになりましたが、お元気でお過ごしでしょうか。
初めまして、中国の天津《てんしん》から参りました、呉兆煒と申します。友達には「チョウイ」と呼ばれています。山谷さんのこと、伸子さんと呼んでいいですか？

こんな手紙を書くのは、初めてです。すごく不思議な気持ちで、まるでスタジオジブリのアニメ映画『思い出のマーニー』に描かれたことみたいです。時間のトンネルを抜けて、今の自分と同じ年齢のお祖母ちゃんのような方宛てに手紙を書くのは、どきどきでした。

私が日本に来たのは、二〇〇七年の九月でした。十九歳になる直前でした。伸子さんとほぼ同じ歳に母国を離れ異国に行ったのに、時代が異なるとまったく違う人生を歩んできたなんて、驚きました。伸子さんの証言を読みながら、もし私と同じ時代に生きていたら、婚約者の方と結婚して穏やかな生活を送っていたことでしょうと思いまして、涙が止まらなかったのです。伸子さんと話したいことがたくさん湧いてきたけど、整理がつかなくて心も痛くて、しばらく泣いていました。

本で戦争を読むと、その残酷さは分からないし、体験できないから理解もできないと思いましたが、伸子さんの証言を読んで多少わかった気がしました。自分の今の生活に置き換えたら想像できそうと思いましたが、想像する勇気がなかったです。以前は過去ばっかりをみて、日本のこと嫌いだったけど、実際日本に来てみたら、想像と全然違いました。伸子さんも最初に中国に行った時、海の向こう側の土地、言語、そして人にどういうお気持ちだったでしょう。

本で歴史を勉強すると、そこに書かれていることは過去のことに過ぎないし、結論としてしか読むことがないし、事実として描かれていても白黒の写真と文字に人の思いや思い出を感じることはできませんでした。ただ結果を覚えて、単純な良し悪しで、過去を判断してしまいました。しかし日本に来て、広島と長崎にも行って、伸子さんの思い出を読んで、少し変わりました。国と国の戦争で、国の利益のために、暗い思いや苦しい過去がいっぱいあったかもしれませんが、個人個人で見ると、皆さんただの被害者ではないかと思いました。生きていたたくさんの人が描いた歴史なので、そんな単純な良し悪しではないと気づきました。

本を読むと、その時の中国と日本の民間の関係は、きっと今より大変だろうと思いました。そして今の言葉で言う「国際結婚」もないでしょうと思いましたが、伸子さんが中国人と結婚されたことを読んだときに、良かったと思いました。そして旦那《だんな》さんに大事にされて、良かったですね。厳しい時期に大事にしてくれる人がいると、一番いいですね。私も日本に来て八年経ちますが、日本人の友達もいっぱいできて、もしかしていつか自分も日本人と結婚するかなとたまに思ったりしています（笑）。

仲子さんの旦那さんのように自分のことを大事にしてくれる人がいるといいですね～。そして家庭を作って、子どもを作って……ごく普通のことみたいですが、憧れの幸せですね。

別れた息子さんのことについては、私も仕方がないと思いました。好きで自分の子どもを他人にあげる親なんていないから。逆に、親だからこそ、生き別れの苦しみを負いながらその道を選んだのは偉いと思いました。無事に生きるために、差別されなくちゃんと育てられるように選んだ道なので、息子さんもきっと仲子さんを理解してくれると思います。私はそう信じています。私を信じてください。

いろいろと書きましたが、まだまだたくさん話したいことがある気がします。平和セミナーに参加したり、仲子さんのことを読んだりして、本に書かれている歴史と人の思い出の中の歴史は、やはりだいぶ違うと感じました。同じ時期に起きた戦争でも、一人ひとりの経験から見えてくる戦争のイメージは違うでしょうと思いましたが、平和を望むことは同じですね。

たくさんの命とたくさんの家庭の幸せを犠牲して取り戻した平和なので、微力ながら永遠に続くように自分なりに守っていきたいです。仲子さんも、どうか見守ってください。

敬具

飢えとマラリアのニューギニア

塚原《つかはら》守通《もりみち》さん

1921(大正10)年 0歳 10月20日 群馬県山田郡毛里田村(現・太田市)に誕生
1941(昭和16)年 20歳 12月8日 マレー半島上陸、真珠湾攻撃
アジア・太平洋戦争開始
1942(昭和17)年 6月 ミッドウェー海戦で日本海軍大敗
1944(昭和19)年 22歳 2月 明治大学卒業。高崎115連隊に入隊
4月 ニューギニアのホーランジアに上陸
命令でウェワクへ行軍
8月 ウェワクに到着
1945(昭和20)年 23歳 6月 軍旗を燃やして玉砕
以降、仲間とジャングルをさまよう
8月15日 敗戦
10月1日 捕虜になりムッシュ島に送られる
1946(昭和21)年 24歳 1月24日 氷川丸で神奈川県久里浜に帰国
1964(昭和39)年 42歳 (株)吉川工業所代表取締役社長に就任
1995(平成7)年 73歳 太田市日中友好協会会長(~2006年)
2011(平成23)年 89歳 3月19日 逝去

若い人たちよ、二度とだまされるな

すでに制空権《せいくうけん》、制海権《せいかいけん》もアメリカ、オーストラリアなどの連合軍に奪われていた一九四四年四月、戦況を知らされずニューギニアに上陸させられた塚原守通さんらの連隊を待っていたのは、極限の飢《う》えとマラリアだった。ほとんど戦うこともないままに、ある人は病に倒れ、ある人は道を踏み外し、またジャングルをさまよううちに屍《しかばね》となった。東部ニューギニアに配属された約十五万人の日本兵のうち、約十三万人が死亡したとされる。

私の若い日々を、ひとことで言えば「だまされた青春」だと思っています。

戦争で私は、東部ニューギニア〔*1〕へ行きました。われわれ高崎の歩兵一一五連隊では、七千人のうち、生きて帰れたのは、わずか二百三十名ほどでした。

ニューギニアで亡くなった人の死因は、ほとんどマラリアか餓死《がし》でした。日本からの食べ物の補給なんて、一度もなかったですよ。つねにジャングルをうろつき食べ物をあさっていました。戦場といっても、ほとんど戦いなんてなかったです。ただ飢え、さまよって死んでいったんです。けれども、「だまされた」と思ったのは、戦後になってからです。戦争中はそんなこと、わかりませんでしたね。

一九四四年の二月九日、私たちの連隊は夜行列車で下関に向かいました。行き先は「南方《なんぽう》」としか聞かされていなかったですね。明治大学をくり上げ卒業して、その後、豊橋の士官学校も出ていた私は、将校《しょうこう》（少尉《しょうい》）になっていました。戦争で死ぬことは「男子の本懐《ほんかい》、これに過ぎたるはなし」と言われましてね。村でも盛大に葬式をしてくれる。玄関にも「誉《ほまれ》の家」と書かれてね。当時、最大の親孝行だったんです。ですから死ぬことを少しも怖いとは思わなかった。

下関から十六隻《せき》の船団で南方へ行きました。私が乗っていたのは「南嶺丸《なんれいまる》」という船でした。三月上旬、パラオに着く前に連合軍の魚雷《ぎょらい》を受け、船は私の目の前で次々と沈んでいきました。しゅーっと沈んでいく船の渦に巻き込まれまいと兵隊たちが海中で必死になってもがいていましたが、助けられなかった。パラオに無事上陸できたのはわずか二隻だけでした。パラオで船を集め直して、今度は八隻でニューギニアへ。そのときも私が乗った「八州丸《やしゅうまる》」だけが無事で、ほかの船は途中で全部沈められました。最初が十六分の二、次が八分の一、そんな確率で私は奇跡的に生き残ったわけです。

私たちはニューギニアのホーランジアという港にはい上がって上陸し、百五十人の兵とともに東部のウエワクへ向かいました。ウエワクには日本軍の飛行場があって、そこへ集結せよという命令だった。食べ物は上陸する時に持っていた乾パン三日分だけ。ジャングルだから食べるものはあるだろう、と思ったのが、大まちがいでした。食料はすぐなくなり、口に入るものはなんでも食べた。サゴヤシというヤシから取ったデンプン、ねずみ、へび、ウジ虫。ナマケモノは臭くてね、現地の人は食べなかった。われわれはそれを土に埋めて、においが消えてから食べました。塩は海水をドラム缶で煮詰めて作りました。それを舐《な》めて水を飲めば、なんとか一週間は生きられる。

マラリアやパラチフスにかかり、高熱で動けなくなる兵隊が相次いでね。頭が変になって自分から行軍をふらふら離れていく者もあった。マラリアにかかったある軍医は、海を指さしながら、私に命令しましたよ。「おい、あの島と島の間に、点を打てっ」と。気の毒に、完全にいかれちゃって。「ハイ、打ちましたっ!」と答えると「打ってない!」。それから間もなく亡くなりましたがね。

死ぬ時は、三日ぐらい前からどこともなしに、ハエが飛んでくる。そして次はアリが鼻にも口にも、いっぱいたかる。もう払いのける力がないの。「この人、死ぬんだな」とわかるんです。

死にかけた兵隊の靴が自分のよりましだと、「おれにくれよ」と脱がして、服もそうやってもらってしまうんです。きのうまで一緒に歩いていた仲間がバタバタ倒れて、あっちこっちに死体が横たわっているんです。海岸に自動車が止まっていたので、「ああ、自動車部隊［*2］の連中だな」と思って中をのぞいたら、ハンドルを握ったまま兵隊がミイラになっているんです。

今思えばおぞましいことだが、不思議と怖さも悲しさもなかった。「無」なんですね。死なんてなんとも感じなくなるものですよ。いちいち感じていたら、頭がおかしくなってしまう。戦場はそんなところです。

ニューギニアでは、飢えた日本兵が人間を食った話もあった。わざわざ「人肉を食うものは銃殺刑に処す」という軍命令があったくらいです。上官の肉を食べたのを見つかり、銃殺刑に処せられた部下もいましたし、食べた後で後悔して自ら命を絶った者もいました。

人間といえども……人間は万物の(霊)長と言うけれど、最後は動物、畜生です。私もひもじくて何度も畜生になりかけたから、彼らの気持ちはわかります。もうがまんできない、という時には、ただひたすら母親の戒名を唱えて誘惑に耐えました。「順粧院良慈尚禅大姉《じゅんしょういんりょうじしょうぜんたいし》、順粧院良慈尚禅大姉」。息の続く限り唱えると息苦しくなって、その刹那《せつな》だけ、ひもじさや恐怖を忘れられる。

母は私が中学二年だった時に亡くなったのですが、その日、私は太田駅前の電気屋のラジオで甲子園であった中学野球大会の決勝戦に夢中になっててね、母の死に目に会えなかった。最期に私の名を呼んだんだよ、と姉は話してくれました。私は五人きょうだいの末っ子で溺愛《できあい》されていましたからね。何かあると母の顔が浮かんでくる。人の道を踏みはずすのを母が止めてくれたんだと思います。

一九四五年の六月、「もうこれ以上戦えない」とわれわれは連隊旗を燃やして玉砕《ぎょくさい》[*3]しました。それからは、ただ「捨て石」になるために生き延びた。「一日でも長く捨て石になっていれば、日本軍が他の戦場で有利に戦えるんだから、犬死にしてはいけない。動けなくなっても一人は刺し違えて死ね」と言われていたんです。

戦争が終わった八月十五日。連合軍が空から「日本軍降伏《こうふく》せり。戦闘即時停止すべし」と書いたビラをまきましたが、われわれの軍の命令は「敵の逆宣伝に惑わされず、あくまで戦闘を遂行すべし」でした。降伏してはいけないという命令に従ったために、さらにまた大勢が飢えに苦しみ、亡くなった。連合軍の残飯を盗みに行って、撃たれて死んだ者もずいぶんいたんです。

玉砕した日から、私たちは軍から切り離された一人ひとりの人間になった。

私には「当番兵」[*4]の部下が二人いて、最後は三人で力を合わせてやっとの思いで生き延びました。

一人が食べ物を見つけたらみんなで分けるんです。独り占めしたら、次には自分も同じ目にあう。そうなると生きていけないわけです。そんな中で会得《えとく》したのが「調和の精神」でした。つまり、おれは将校だ、上官だといいばるやつは食べ物を分けてもらえずに飢え死にするんです。

十月、われわれは敵の捕虜になってムッシュ島［＊5］に送られました。そこではオーストラリア兵がわれわれを出迎えて「カカルク、カカルク」と手をたたいて笑うんですよね。カカルクってニワトリのことらしい。ニワトリと同じで、裸足だと言うの。屈辱でした。誰も家族に手紙を出さなかった。「捕虜収容所のハンコを押される」という流言飛語《りゅうげんひご》があって、そのことを恐れていたからです。あの時代、捕虜になるのは許されないこと、死ぬより恥ずかしいことと教え込まれていましたからね。

ああ、われわれはだまされたんだなあと思ったのは、戦争が終わって帰国してからですね。私たちがニューギニアに行かされたのは、ミッドウェー海戦［＊6］に負けたあとで、もう制空権も制海権もアメリカなどに奪われていましたからね。軍の上層部は、勝ち目のないことを知っていながら、どんどん若い兵隊たちを南方の島へ送り込んだのです。

そんな中で奇跡的に生きて帰れたのは、調和の精神で心を一つに支え合った仲間たちのおかげです。戦後、家庭を持ったあとも、地元の企業の経営者になった時にも、あの苛酷な戦場で助け合って生き延びた教訓を忘れまいとして、人との「調和」という言葉をモットーにしました。

常に相手の立場に立ってものを考え、ことを処す。そして、私が絶対に人をだますまいとしてきたのは、だまされた青春の裏返しですね。

まあ、あんな時代の話なんて、今の人にわかってはもらえまい、と思います。捨て石にされて、ニューギニアで飢えてさまよい、亡くなった仲間たちは本当に犬死にです。名誉の戦死なんかじゃないですよ。

わかってもらえなくても、若い人たちにはね、二度とだまされてほしくないと願うだけです。

＊1ニューギニア　オーストラリアの北にある島で、現在、東部はパプアニューギニア、西部はインドネシア領。一九四二年三月、日本軍が上陸し、オーストラリア・アメリカ軍との間で戦闘が行われた。その後、連合軍に制空権、制海権を奪われ、おもに餓死とマラリアにより、東部ニューギニアでは約十三万人の日本兵が死亡したと言われる。

＊2自動車部隊　車輛による兵士の輸送や、補給、通信などの任務を負った部隊。

＊3玉砕　「玉のごとく砕ける」の意味で、全滅という言葉を嫌う大本営が使用。玉砕の際に連隊旗＝軍旗を敵方の手に渡らないよう燃やすことを、「軍旗奉焼」と言った。

＊4当番兵　将校以上の地位の者には、食事の用意や身の回りの世話をする当番兵がつけられた。

＊5ムッシュ島　ウェワクの北にある小さな島で、ニューギニア戦線で降伏した日本兵はムッシュ島の捕虜収容所に送られた。

＊6ミッドウェー海戦　一九四二年六月、中部太平洋上のミッドウェー島付近で日米の海軍がぶつかった戦闘。日本海軍はアメリカの攻撃で主力空母四隻を失い敗北。敗戦へと傾いてゆくきっかけとなった。

塚原守通さんへの手紙

元山仁士郎《もとやま じんしろう》
一九九一年生まれ 沖縄県出身 二十三歳 大学生

すこし垂れ目で、優しい表情をしているあなたは、どこか心配そうな顔をして、私を見ているように思えた。

この春で大学四年生になった私は、くり上げ卒業をして戦地に向かったあなたと、まさに同じ時期を生きているのだろう。

「だまされた青春」。戦争に従事した(させられた)若い日々を、あなたはそう振り返る。戦地へ向かう他の船が魚雷で沈められる中、あなたが乗る船は奇跡的に何事もなかった。しかし、戦地で目の当りにしたのは地獄だった。食料不足に伴う飢え、マラリアやパラチフスにかかる兵士、戦うことなくいかれ、死にゆく仲間。克明に記録された本の言葉や漫画、他の紛争や虐殺を記録した映像から、あなたが見た光景を想像することを試みはするが、あなたがおっしゃるように、私にはわからないと思う。容赦なく降り注ぐ直射日光、大量の肉が腐った臭い、それを運ぶ生温かい風、ハエの舞う音、ウジ虫が肉を食らう音、負傷者の叫び声、そして、そのような状況を何も感じなくなる感覚。あなたが見た光景に欠けているものを少し考えるだけでも、これだけのものが思い浮かぶからだ。

しかし、あなたがだまされたことを自覚したのは、戦争が終わって帰国してからだった。あなたは自分が気づくのが遅かったから、自らは人をだまさず、若い人には二度とだまされて欲しくないと願った。そのことは私たちにとって、何よりも教訓だと思う。

今、私も、私たちのことをだまそうとする相手と闘いながら、必死で「青春時代」を生きている。大学で授業を受けて、本を読んで、友人と話して、現場に足を運んで、自分たちが声を上げられる居場所を作って……。私がこうなったのは、あなたが亡くなる八日前に起きた、あの出来事がきっかけだった。

二〇一一年の三月十一日。それまで日本は豊かで、安全で、平和な国だと思い込んでいた。その直後に起きた原発事故を機に、原発のことを何も知らなかった自分に気づき、知らず識らずのうちにその構造に加担していたことを自覚した。そして、意識は私が生まれ育った沖縄で、十八年間すぐ側で過ごしていた基地へと向くようになっていった。

一番怖いことは、何か取り返しのつかないことが起きてから、あるいは終わってから、だまされたと気づくことだ。その前に、私はどれだけのことに気づくことができるか。

私たちには、自らがだまされていないかを探る手段として、憲法の理念や人権というものがあるのだと思う。それは人類の多年にわたる努力の成果であり、私たちはこれらの目標を達成することを目指しながら、将来も受け継いでいかなければいけないものである。でもそうだと信じていても、誰が、何が、どう私をだまそうとするのか、はっきりとはわからない。あなたは、いったいどうやってだまされたのか。そのことを教えて欲しかった。

今社会で起きていることが何かおかしいのではないかという、言いようもない不安に、私は晒《さら》されている。そして、それに対して脊髄《せきずい》反射のように抵抗しようとしている自分が、今、ここで、生きている。

十五歳で七三一部隊少年隊員に志願

篠塚良雄《しのづかよしお》さん

1923（大正12）年 0歳 11月1日 千葉県長生郡東郷村（現・茂原市）に誕生

1931（昭和6）年 7歳 9月18日 柳条湖事件、15年戦争開始

1932（昭和7）年 8歳 「満州国」建国

1937（昭和12）年 13歳 7月7日 盧溝橋事件、日中戦争開始

1939（昭和14）年 15歳 2月 七三一部隊少年隊員に志願

東京の陸軍軍医学校防疫研究室で教育

5月 「満州国」七三一部隊本部に配属

細菌兵器の開発・製造のため細菌の大量生産、人体実験にたずさわる

1945（昭和20）年 21歳 8月15日 敗戦

1946（昭和21）年 23歳 中国人民解放軍に所属

1949（昭和24）年 25歳 10月1日 中華人民共和国建国

1952（昭和27）年 28歳 元七三一部隊員であることを自首し、撫順戦犯管理所に収容される

1956（昭和31）年 32歳 7月 起訴免除となり釈放、日本へ帰国

地方公務員となり結婚

1984（昭和59）年 60歳 退職後、証言のために国内外に足を運ぶ

中国へは何度も訪れ、犠牲者へ謝罪と慰霊を続けた

1997（平成9）年 73歳 7月 地元・妙福寺に謝罪と日中友好の誓いを記した『中帰連碑』を建立

2014（平成26）年 90歳 4月20日 逝去

わたしたちは、ものを判断しなくなって動くロボットにさせられたんです

中国東北部、旧満州のハルビン市郊外平房《へいぼう》に本拠地を置いた「七三一部隊」は、日本陸軍が生んだ世界最大規模の細菌戦部隊だった。細菌と毒ガスの武器使用は、当時も国際条約で禁止されていたが、承知の上で、その研究・開発、実戦での利用のために、中国人やロシア人、朝鮮人などの捕虜や抗日運動家を生きながら解剖《かいぼう》し、実験に使って殺した。その秘密の任務を知らず、友人に誘われて十五歳で志願した篠塚良雄少年は、「悪魔の部隊」に青春のすべてを奪われていく。

七三一部隊［＊1］の跡地に立って、あの時のことを検証していくのは、とてもつらいものでした。人を生きたまま生体実験し生体解剖して命を奪い、それによって殺傷力の強い猛毒細菌をつくって、ばらまいて、中国の人を大量に殺害した。それが事実なんですから、誰が聞いたって悪ですよね。よくそこで、そのようなことがやれたと、自分でも不思議に思うぐらいです。今の感覚ではとうてい、耐えられるものではなかったですから。わたしたちの時代っていうのは、小学校のときから軍国主義的な教育を受けていました。上官の命令は天皇の命令だと思って、絶対に守らなきゃあいけない。言われれ

ばそのまま何も聞かないでやるというのが習慣づけられていました。

十五歳の時、県立本納《ほんのう》実業学校農業科一年生で農業を勉強しておりました。うちの者は、わしを百姓にしようと思っていたんです。七三一部隊の少年隊に志願したのは、友達に誘われ、たまたまでしたが、部隊長は軍医だから、人殺しや殺し合いはしねぇだろうと、それがなければ楽だろうということぐらいの理由でした。それと軍隊に入れば、金をもらいながら大学まで行けるというのが魅力で、そこへ行った者は多かったですよね。あの頃日本は貧しくて、普通の百姓が大学なんか行けるわけがなかったですから。まさか、あんな「悪魔の部隊」だとはつゆ知らずですよ。

七三一部隊は中国東北部、ハルビン市郊外の平房《へいぼう》にありました。当時は満州国［*2］の支配下にあったところです。わしが働いていたのは、ロ《ろ》の字の形をしている「ロ号棟」と呼ばれていた建物で、いつも強烈な消毒薬の臭いがしていて、昼でも夜でも、二十四時間ずーっと音がしていました。「孵卵《ふらん》（卵をかえすこと）室」という部屋で細菌の培養をしていたんですけど、温度を自動調整しているその音なんですよ。ゴーッともグゥーともつかない、あれこそ「悪魔のうなり声」でしたね。

初めて生体解剖に立ち合ったときは、恐怖心の方が強かったというか、怖かったですよ、その中国人が。一つにはわしらへのさげすみの眼差しですね。だけど、その時は、それに反発するっていうか、相手にしなくてもいいんじゃないかと、そういう思いでした。やっぱり民族的な優越感みたいなものもあったと思います。小学校から受けてきた教育がまさっていたんでしょうね。悪いことしているっていう意識は全然ないですよ。

宿舎に帰ると、風呂なんかでね、こんな話がすっと出てくるんです。わしらみんな、生体解剖された人たちのことを「マルタ」って呼んでたんですけど、「おめぇんとこ、何本倒した?」「おれんとこは二本だ」とかね。人の命を奪うことなのに、気楽な感じで。「マルタ」っていうことで、彼らを人間として見ていなかったわけですよ。

何年かするうちに、この部隊のことが分かってくると、もう嫌でそこを出たいと思ったんです。自分がやっていることは正しいんだと思いながらも、やっぱり苦痛になってくるんですね。

結局、細菌ってのは、知れば知るほど怖くなるんですよ。初め、知らなければ、そう苦にならないことも、細菌の怖さを知ることによって、だんだん自分がせばめられていく。死が近づくような幻想をもつ。現実に、仲間も細菌に感染して大分死んでますから、仲間が死んでいく姿が、自分の末路のように思えて……。ほんとにわしたちっていうのは、いつ死ぬかわからないっていう中にいたんですよ。

どんな状況でも、自分の命っていうのは、簡単には捨てられない思いがあるわけです。自分の命の惜しさですよ。それが人間の本能ってものかもしれませんね。

それにだんだんわかってきたんですが、あの部隊はほんとうに危ない仕事っていうのは、上の人間はやらないんですよ。下の人間にやらせる。上の人間は、その結果だけを吸い上げる。そのようなことがわかってくると、一面ばからしくもなってくるし、命も惜しくなってくる。そうだからといって、入ったら最後、そこから逃げられないわけですよ。

戦争っていうのは、基本的に人命軽視がある。それがなければ、七三一部隊のようなことはできないはずですよ。「一対一」ならばね、人の命も自分の命も大事だと思うかもわからない。ひとたび、「お国のため」というのが入ってくると違ってくるんですね。「軍人勅諭《ちょくゆ》」［＊3］には、「おまえたちの命は鴻《おおとり》の羽より軽い」と書いてあって、わしたちはそれをたたきこまれたんですから、ひどいやね。オオトリっていうのがどんな鳥だかも知らなかったですよ。

七三一部隊には監禁されていた中国人の子どももいました。たいていは七棟の二階にいたんですけど、天気のいい日には、母親と一緒に歩いているんですよ、ロ号棟の中庭をね。わしがいた頃は、まだよちよち歩きでした。屋上から下を見てましたから、顔形まで分かるわけじゃあなかったですけど。敗戦のときに、あの部隊は、建物をぶっちゃくだけぶっちゃいて、書類は、八月十五日を過ぎても、焼却炉で燃やしていました。監禁していた人は全員殺して、その骨を松花江《しょうかこう》という河に捨てたと聞いています。すべては、証拠隠滅《いんめつ》のためにね。

わしは、まさか子どもまで殺さないだろうと、思ってたんですよ。それで、あとになって、運輸班にいた人に聞いてみたんです。そうしたら、やっぱりあの子どもも同じようにしたんだって言う。

彼はそれ以来、子どもが夢に出てきて、ずっと悩まされていたそうです。七三一部隊の隊員だった人間は、そのような夢をたいてい見ているんですよ。

敗戦後、わしなんかは、中国の人民解放軍［＊4］にしばらくいて、そのあと撫順《ぶじゅん》の戦犯管理所［＊5］に行ってから、初めて、ほんとの日本の現実というものを知って目が開かれ、自分のやったことが客観的に見れるようになっていきました。管理所の中でも、六所《ろくしょ》というところで、将官クラスの人たち、いわゆる満州国の高級官僚と生活をともにしたっていうのが、わしにとっては、でかかったですね。それじゃあなかったら、日本の国の上層部がどのような考えをもって、あの戦争をやったのかも分からなかったですし。撫順の戦犯管理所に入らなかったら、こうして戦争中に自分が犯したことを心から反省することもなく、いまも犠牲者の方々への謝罪の気持ちや罪悪感だってないかもしれない。

解放軍にいたときも、戦犯管理所にいたときも、これだなと思ったのが「実事求是《シーシーチウシー》」という言葉です。「すべてのもとになるのは事実である」という意味です。事実を見ていけばどちらが正しいのかは自ずとわかる、事実から結論を出すともいえますね。でも、事実っていうのは、見る人の立場によって多面的にもなるわけです。それだけど、正しいことは一つです。わしは常に、そういう立場で、ものを見たり考えたりするようにしてきました。

十五歳から二十歳までという、わしの青春時代すべてを費やしたのが七三一部隊でした。七三一は、すべてものを考える力を奪った。自分で判断する力を奪った。わしたちは、ものを判断しなくなって、命ぜられればその通りに動くロボットにさせられたんですね。善悪の区別がつかなくなったんです。本当の戦争ってものは、人間をそういう域にまで持ち込まないと、できないってことかもしれませんよね。

わしはね、戦争っていうのは手段を選ばない、だからね、戦争はやるべきではない、軍隊は持つべきじゃないと思うんですよ。憲法九条があって、戦後ずっと平和にきたっていうのは事実なんですから、だから憲法九条はどうしても守らなきゃあならない。今、平和を壊す必要がどこにありますか。

＊1 七三一部隊　関東軍において細菌戦の研究と準備、実践を行っていた部隊。正式には「関東軍防疫《ぼうえき》給水部」と呼ばれた。医学者である陸軍軍医中将・石井四郎が創始し部隊長となった。細菌戦準備のため抗日運動家の中国人や捕虜などを人体実験し虐殺するなど、数々の残忍な戦争犯罪を犯してきたが、「東京裁判」でも主要幹部らは誰一人戦犯として裁かれることなく、その多くは戦後も日本の医学界の重鎮としていつづけた。篠塚さんは、多くの関係者が口をつぐむ中で、自らの罪業を告白し、裁判の証人にも立ち、また中国にも何度も足を運び、犠牲者への弔いと謝罪を続ける生涯だった。

＊2 満州国　一九三二年に中国東北部および内モンゴル地域に日本が建国した傀儡《かいらい》国家。一九四五年、日本の敗戦で消滅した。

＊3 軍人勅諭　明治天皇が一八八二年に軍人に与えた勅諭。上官への絶対服従を説いた「下級のものは上官の命を承《うけたまわ》ること実は直《ただち》に朕《ちん》か命を承る義なりと心得よ」の一文がある。

＊4 人民解放軍　「中国人民解放軍」のこと。中国共産党指導下にあった軍隊。抗日戦線勝利後、一九五〇年頃までは、捕虜となった日本軍人、日本の技術者や看護婦も参加した。

＊5 撫順の戦犯管理所　中国遼寧《りょうねい》省の撫順にあった戦犯管理所。満州国皇帝溥儀《ふぎ》や、約千人の元日本兵を収容した。周恩来《しゅうおんらい》首相(当時)の指示で戦犯たちは中国人職員から人道的な扱いを受け、戦場で犯した罪と向き合った。一九五六年に裁判が行われ、有期刑の四十五名以外は全員起訴免除となる。(四十五名も一九六四年までに全員帰国)。元戦犯たちは帰国の翌年に「中国帰還者連絡会(中帰連)」を結成し、日中友好、反戦平和のために証言や平和運動を続けてきた(二〇〇二年に解散)。篠塚さんも中帰連の会員として証言活動を行うほか、地元・妙福寺に『中帰連碑』を建立した。

郵便はがき

52円切手を
お貼りください

115－0045

東京都北区赤羽1-19-7-603

ころから編集部 行

◎本書をご購入いただき誠にありがとうございます。
今後の出版企画に活用いたしますので、ご意見などを
お寄せください。

メールでもお受けします→ tegami@korocolor.com

お名前	
ご住所	
性別 女 男	年齢

さんへの手紙

篠塚良雄さんへの手紙

加藤大吉《かとう　だいきち》
一九九〇年生まれ　東京都出身　二十四歳　大学生

初めまして篠塚良雄さん、僕の名前は加藤大吉と申します。ごく普通の大学生です。学校なんか行けて恵まれているな、そう思うことでしょう。確かに今の時代は誰にでも学ぶ権利があるということもあり、あの時代とは対照的に、とても恵まれた環境の中で暮らすことができているのは事実です。

もしも私が戦争中のあなたと同じ状況にいたのであれば、上官の命令に背いて実験をすることを拒むことができただろうか。いくら人体実験とはいえこの任務を遂行《すいこう》すれば、大学に行けるかもしれない。貧しさから脱し、安定した生活が手に入るかもしれない。ましてや戦争まっただ中で将来が見えない時代に、この先の生活が保証されているかもわからない。そんな状況の中で善良な心を働かせ、自分の手を止めることができただろうか。僕にはおそらくできないでしょう。そう考えることがないよう、殺す相手を人間以外の何かに見立てるか、あの時代に篠塚さんたちが受けてきた教育通り、中国人に対する優越意識を持ち、憎しみを込めて殺めていたか、どちらかの手段で実験を続けていたはず。

これから殺す目の前の中国人には自分と同じように家族がいて、他愛ない話をするし、未来があるし、恋人がいるし、もしかしたらみんなを魅了する特技があるかもしれない。こういった思考を停止させ、「繊細」な部分を片っ端から奪っていくのが戦争なのですね。

おそらく篠塚さんはおわかりになっていていて悩んでいたのでしょう。人の命の尊さか、自分の生活のどちらをとるべきか、その狭間《はざま》に自分はいるということを。ましてやまだまだ青春時代を謳歌《おうか》したかったはずであるのに、人体実験という残酷極まりない任務を強いる七三一部隊という機関で、毎日のように仕事をしていたのですから。それでも多くの人は自分がしてきたことに口をつぐみ、その任務に務めたことでしょう。いや、もしかしたらもう、考える力を奪われていたかもしれませんね。非道なことをすればするほど、なおさらです。

戦後何もしゃべらなかったことで、その後安定した地位につくことができた人も中にはいたことでしょう。篠塚さんだって、もしかしたらそうなれたはず。しかし篠塚さんはその道を選ばなかったのですね。自分がしてきた過去と向き合い、何度も中国に足を運び謝罪をし、すべてを話された。篠塚さんは「繊細さ」を失っていなかったのですね。

本当に心から尊敬の念を表したい。なぜなら、自分なら篠塚さんと同じ選択をしなかったかもしれないから。戦争が終わってからも何事もなかった、正しいことをしたと思い込み日々を送っていたことでしょう。

「マルタ何本倒した?」

今でも自慢げにそういっている一人だったでしょう。それが篠塚さんと僕の決定的な違いです。

篠塚さんのこの体験を知って、戦争での加害の記憶を語ることがどんなに勇気のいることか、身に染みて感じています。大変だったと思います。その覚悟と決断を心からたたえたい。本当に長い間お疲れ様でした。

それから改めて思ったこと、それは戦争に「ヒーロー」はいないということ。どれだけ都合よく語られようが、誰か一人でもその戦争で死んだり、悲しみに打ちひしがれたのであれば、それはただの悲劇でしかないのです。

戦争を直接経験していない僕は「平和」を望み戦争は絶対反対だけれど、改めて本当にそう思っているのか、正直自分がむなしくなる時があります。少なくとも僕は戦争の時代を経験していないわけであって、自分にいったい何ができるのか、わからなくなるのです。

篠塚さんは、何も知らされず人の命を自らの手で奪うことを強要され、なおかつ自分の青春時代も奪われた戦争を、今でもきっととても憎んでいることでしょう。だからこそ、この篠塚さんの「体験」を一人でも多くの人に伝えていくことが、微力ながら自分にできる唯一のことだと思っています。受け入れられなくとも、篠塚さんのように「不断の努力」を続ける、これに尽きるでしょう。再び戦争の惨禍が起こることのないように、伝え続けていきたいです。

心から尊敬と感謝の気持ちを込めて

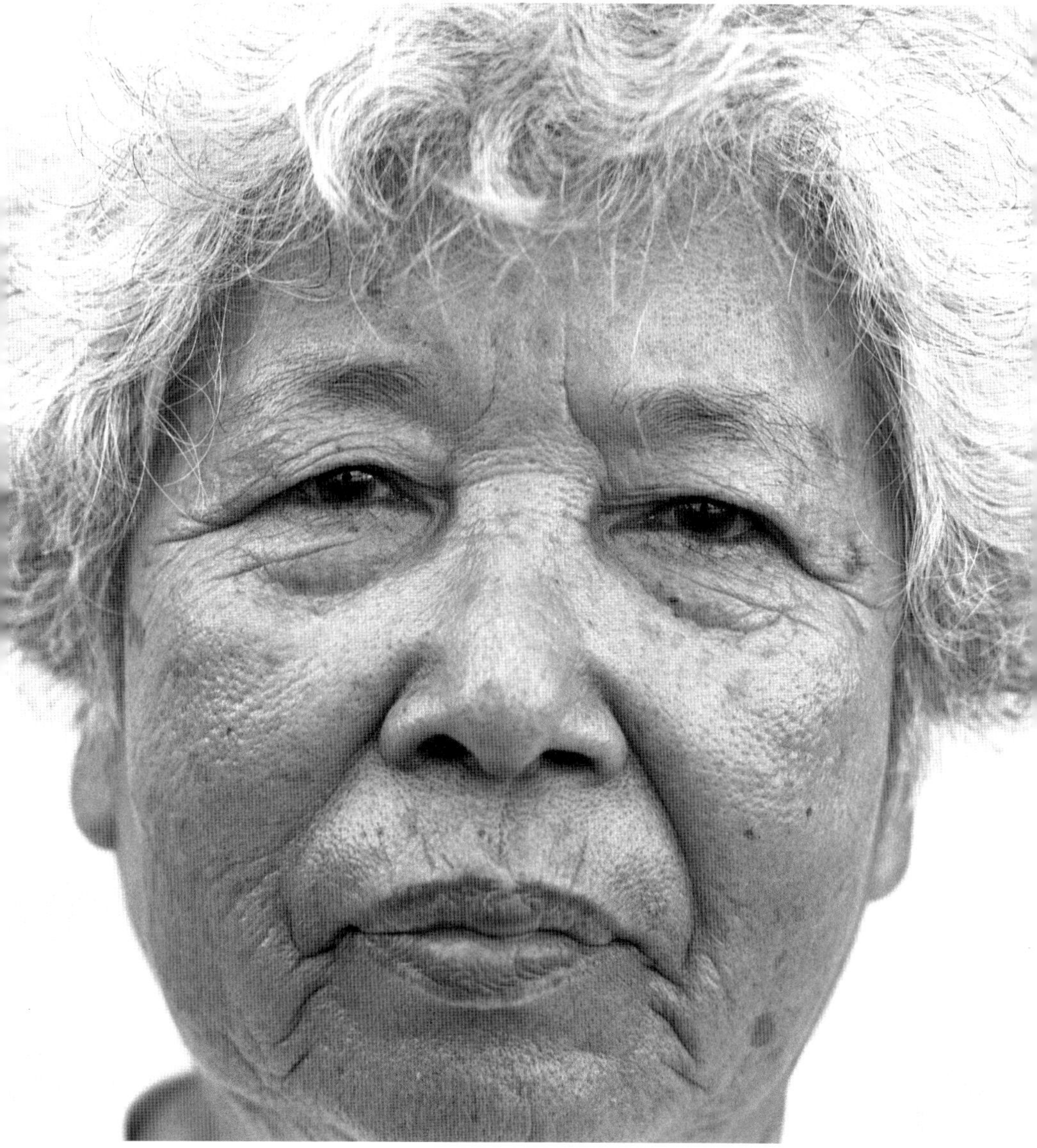

辺野古の沖縄戦

島袋妙子《しまぶくろたえこ》さん

1928(昭和3)年　0歳　8月15日 沖縄県国頭郡久志村辺野古(現・名護市)に誕生

1941(昭和16)年　13歳　12月8日 マレー半島上陸、真珠湾攻撃

アジア・太平洋戦争開始

1944(昭和19)年　16歳　10月10日 辺野古で勤労作業中に十・十空襲を目撃

1945(昭和20)年　4月1日 米軍沖縄本島に上陸

辺野古にも空襲。防衛隊の父親が北部で戦死

6月22日 第32軍首脳陣指揮の戦闘終結

17歳　8月15日 敗戦

9月7日 第32軍奄美・先島守備隊

沖縄の森根で正式に降伏調印

1951(昭和26)年　23歳　9月 サンフランシスコ平和条約調印

沖縄は米国の施政下に

1972(昭和47)年　44歳　5月15日 沖縄、日本復帰

1997(平成9)年　69歳　沖縄の普天間基地移設の候補地として辺野古が有力視。新基地建設に反対する「命を守る会」「ジュゴンの会」に参加

2014(平成26)年　85歳　辺野古基地建設反対派の名護市長、沖縄県知事、衆議院議員が当選

戦争を生き延びたのに なんでまた、戦争のための基地造る？

民間人を巻き込む地上戦の激戦地となり、おびただしい犠牲者を出した沖縄戦。避難した住民が戦闘に巻き込まれた中南部に比べると、島袋妙子さんが住んでいた北部の辺野古《へのこ》では米軍の爆撃や地上戦による被害は少なかった。しかし防衛隊や護郷隊《ごきょうたい》として辺野古から北部の戦場に行かされた人たちの中から多くの犠牲者が出た。防衛隊に召集された島袋さんの父親も、二度と戻ってくることはなかった。戦争で二十万人以上の犠牲を出し、県民の四人に一人が亡くなった沖縄では、戦後も米軍基地を押しつけられ、辺野古の新基地計画にゆれる今も、沖縄の人たちの頭から戦争が消えることはない。

私は生まれも育ちも、この辺野古［＊1］。どこにも出たことはないです。

子どもの頃は、勉強よりも手伝いでね。山へ行って薪《まき》を頭に乗せて来よったんですけど、重くて乗せられんで、泣いたこともあったですよ。お金はなかったけど、食べるものには困らなかったです。辺野古の海はきれいでしょ、なんでもいましたよ。カニやら海老やら貝やら。それでおつゆ作って食べてました。畑では芋や野菜が取れたし、山に行くと、薪《まき》がいくらでもあるから、それをそうめんや油や醤《しょう》油《ゆ》と交換してさ。生活できたんですよ。隣のおばーが、「山は青葉銀行」と言ってたけど、うまいこと言う、と思ったね。

昔は田んぼや畑だったところが今、米軍基地のキャンプ・シュワブ［＊2］になってるさ。なのにまた、辺野古に新しい基地造ると言う。基地って戦争するためのものでしょ。せっかく、あの戦争を生き延びてこられたのに、なんでまた、基地なんか造るのか。

戦争の時、私は十六か十七で女子青年学校［＊3］に入っていたけれど、このへんは激しい爆撃はなかったの。十・十空襲［＊4］の時も、自分たちは学徒動員で辺野古に桟橋《さんばし》を造る作業をしていたけれど、飛行機が三機ほど群れになって、頭の上をゆっくり素通りして行くのを見たくらいでね。このへんでは、何の飛行機かわからんわけ。味方だと思って。日本の軍人さんも「あれは日本の飛行機だ」と言って、みんなで一緒にバンザイ、バンザイしたですよ。そしたらまあ、敵の飛行機だったですよ。

一九四五年の四月になると、辺野古にも爆弾が落ちるようになったんです。みんなの憩《いこ》いのガジュマル公園に爆弾が落ちた時には、数軒あった茅葺《かやぶ》きの家はみんな焼けてしまったよ。井戸の水じゃ間に合わないから、バケツで海の水汲《く》んで手渡しして消そうとしたけど、消しきれないですよ。危ないから山のほうに防空壕《ぼうくうごう》掘って簡単な家も建てて、そこへしばらく避難したこともあったさ。

日本の兵隊は自分たちもひもじいものだから、民家に食糧があると聞いたら、やってきて住民に銃を向けたこともあった。日本の軍隊用の米を私たちが取ったと思ってたの。「調べてごらん、私たちの米とか芋しか置いてないから」と言ったらそのまま帰って行ったけど。お母さんとおばあさんが大豆の青い殻《と》って川のそばに置いておいたら、兵隊に取られたこともあったさ。それでお母さんたちは取り戻しに行ったですよ。住民のことより、自分たちだけ生き延びればいいと思っていた兵隊もいたねえ。

私のお父さん、四十一歳でしたけど、米軍が沖縄に上陸する少し前だったかな、防衛隊［*5］でやんばる（沖縄本島北部）の八重岳のほうに行かされたですよ。

同じ頃、あれは護郷隊［*6］だったのか、まだ十四、五歳ぐらいの竹槍《たけやり》持った男の子たちがね、いっぱいトラックに乗ってたのを見ました。辺野古を通って北へ運ばれて行ったけど、途中でやられたんじゃないかなと思うんですよ。この辺から防衛隊や護郷隊に行って亡くなった人は、だいぶんいますよ。

お父さんは戦争が終わっても、帰って来なかったです。だけど、どこかで生きてると思ってずっと待ってたよ。あの頃は捕虜になって、遠くのハワイまで連れて行かれた兵隊もおったというし、ハワイにはお父さんの姉がいたから、そこで暮らしているかと思ってね。

国からお父さんの戦死の知らせが届いたのは、戦争終わって三年も経ってからです。北部の戦争が終わった四月二十日頃にはまだ生きていて「預かっていた銃を返してから家に帰る」と仲間に話したらしいですよ。その後はどうしたかわからんけど、帰る途中の羽地《はねじ》というところの田んぼで殺されたんじゃないかと言うの。沖縄には「拝《おが》み」をする人がいるから、視《み》てもらったら、そんなふうに言われたのよ。羽地の川上という部落に慰霊塔がありますけどね。

最後にお父さんに会ったのは、三月頃だったかな。まだ米軍が上陸するちょっと前。防衛隊がお別れしに辺野古に来たんですよ。みんなで送別会して飲んだりしてね。

その翌日、お父さんは寂しかったのか家を見に来て、すぐ隊にもどったんですけどね。私が家から出てきたら、お父さんもこっち見て、あれが最後だったんですよ。私も若かったしね、話もしないですよ。まさか死んでくるとは思わなかったから。背が小さくて、無口で、やさしいお父さんでした。

戦後、私は同じ辺野古の人と結婚しました。戦争でたくさん若者が死んでしまったから、親たちは早く子どもたちを結婚させようとしたんですよ。夫の家は裕福でね、やさしい人でしたよ。夫のお兄さんも特攻で亡くなったと聞きました。一九四五年の五月二十五日に。それ聞いて私、思い出したことがあるんですよ。

ちょうどその頃、辺野古の海の上を、日の丸のついた飛行機が一つ来て、大きく旋回して飛び去って行ったことがあったんです。「もう、この辺は戦争終わってるのに、おかしいなあ」と思って、見ていたんだけど。あの飛行機はきっとここ（辺野古）に別れを告げにきたお義兄《にい》さんの飛行機だったと、あとでみんなで話したさ。そしてそれから、命を捨てに糸満《いとまん》沖へ行ったんでしょう。まだ結婚もしてなかったですよ、お義兄さんは。

辺野古には戦後、たくさんバーができてね。うちもバーを経営していたことがありました。ベトナム戦争の頃だったから、お客さんは米兵が多かった。言葉もわからん、ウイスキー作るのもわからんでしたけど、店の若い娘に手伝ってもらってね。

米兵は戦場へ行く前に、もう帰って来れないと思っていたんでしょう、お金をありったけ使って飲んでね。やけ酒飲んで荒れてあばれて、泣きよったよ。かわいそうだった。戦争はいやなものさ。どんな戦争でもね。アメリカや米兵のことは、親を殺されたんだから、憎い気持ちもあるけど、何十年も経ったから、恨んでもどうしようもないし、でも恨みはしないけど、戦争のことは忘れないよ。

お父さんもお義兄さんも、田んぼや海で死んでしまって、成仏《じょうぶつ》してるかなと思いますよ。そんな死に方、浮かばれないでしょう?

戦争のことを覚えていたら、やっぱり基地に賛成なんて言えないよ。それでおじー、おばーと一緒に反対しているの。みんなリハビリや病院に行って、家のことしながら、辺野古の浜で座り込みもしてね。

飛行機が一機飛んで行くだけで、話も聞こえないぐらいすごい音さ。基地造るとなると、海は埋め立てして、きれいだった海もどんどん変わっていくしね。私はジュゴンを見たことがないけど、海人《うみんちゅ》[*7]のおじーたちは見てるはずだよ。海に飛び込んででも、基地造るの止めたいと思うけど、年いったものは、船にも乗りきらん。浜で座りこんで反対するしかできないよ。

戦争で親兄弟を殺された人でも、基地があるとお金が儲《もう》かるって、賛成する人もいるんですよ。私もバーをやっていたし、賛成派の気持ちがわからなくもない。でも、お金よりもっと大事なものがあるでしょ。沖縄では「命《ぬち》どぅ宝[*8]」というさね。健康であれば何やっても楽しみだ。いくらお金があったって、命は買えないでしょう? 年を取るとそういうことがよくわかるよ。

若い人たちは戦争のこと知らないしね。これから苦労していくかな、幸せになっていくのかな。十年経ったら、私らはたぶん生きてないけど、辺野古がどんなになってるか、気になるよ。おじー、おばーが浜に座って話すのは、そんなことばっかりさ。

＊1 辺野古　沖縄東海岸にある名護市辺野古は、一九九五年の沖縄米兵少女暴行事件後、米軍普天間《ふてんま》基地の移設先候補になり、住民が反対運動を展開。二〇一四年一月の名護市長選に続き同年十一月の知事選、同年十二月の衆院選でも辺野古の新基地建設反対、普天間基地の県外・国外移設を掲げた候補者が当選した。

＊2 キャンプ・シュワブ　日本海軍の潜水艦基地として建設された場所を一九四五年四月に米軍が占領。一九五九年より米軍海兵隊の基地として使用されている。

＊3 女子青年学校　一九三五年に公布された青年学校令により、旧制小学校卒業後、勤労する青年を対象に普通教育や軍事教育が行われた。

＊4 十・十空襲　一九四四年十月十日に沖縄が米軍から受けた大規模な空襲。那覇では民家の九割が焼失し、沖縄本島で約六百人（那覇市立教育研究所資料）が死亡した。

＊5 防衛隊　おもに沖縄戦において兵力不足を補うために現地で防衛召集された陸海軍の補助戦闘部隊をさす。年齢も十七歳～四十五歳と幅広く召集された。

＊6 護郷隊　沖縄では戦時中、徴兵前の若い男子が動員され、諜報《ちょうほう》活動や山中などでのゲリラ活動も担わされた。戦闘に巻き込まれ多くの戦死者を出した。

＊7 海人　沖縄の言葉で、漁業など海で働く人をさす。

＊8 命どぅ宝　沖縄の言葉で、命こそ宝ものという意味。

障がいを持ってる人も
病を抱えている人も
ぼくらはもう一緒に生
We're already living to

島袋妙子さんへの手紙

岡田基実《おかだ　もとみ》
一九九七年生まれ　静岡県出身　十八歳　高校生

妙子さん……生きててよかった。あのつらい戦争を生き延びてくれてありがとう。妙子さんが今生きてる事がとても嬉しいです。妙子さんの話を読んで涙が止まらなかった。

妙子さんが戦争で失ったものは、いくら悲しんでも悲しみきれないほどだと思う。当時の妙子さんは、今の私と大して変わらない年でしょ。それなのに大事な人もたくさん死んで、ご近所の家も焼けてしまった。私、五人兄妹の二番目で、すごくお父さんっ子なんです。戦争が終わっても三年間「父さんは生きてる。絶対帰ってくる」って思って待っていた妙子さんの気持ち、そして戦死の知らせが届いた時の悲しみを考えたら、自然と涙が溢れ出てきた。今の私だったら絶対に耐えられないし、毎日泣いても足りないいくらいつらくて苦しいはずです。

実は先月初めて沖縄に行ったんですよ。妙子さんが生まれ育った辺野古に。キャンプ・シュワブゲート前の座り込みに行って、昼間はたくさんのおじーおばーがいたから、もしかしたら、妙子さんと私もすれ違ってたかもしれないですね。そう思ったら、もっといろんな気持ちがこみ上げてくる。

日本は今年で戦後七十年と言われてるけど、沖縄はまだ戦後じゃないと思いました。だって頭の上にオスプレイとか飛んでるし！　あちこちに軍用車が走ってるんだもん！　全部にドキドキして正直、怖かったですよ。実際に足を運ぶまでわからなかったリアルな沖縄の現状を、肌身で感じました。沖縄の人は、何回も何回も選挙で基地反対の民意《みんい》を示しているのに、無視して暴力的に基地を押し付ける今の政治をみていると、日本は民主主義を踏みにじり、本当に戦争に向かっているのかと怖くて不安になります。

妙子さんが「十年たったら、私らはたぶん生きてないけれど、辺野古がどんなになってるか、気になるよ」って言ったけど、戦争を経験し、つらい中を必死に生き延びて「もう絶対に戦争は嫌だ」と思ってる沖縄の人たちに、米軍基地を押し付け続けるアメリカ政府や日本政府が本当に許せないです。

辺野古のキャンプ・シュワブのゲート前にはたくさんのおじーおばーがいたけれど、その中には沖縄戦を体験した人も多くいたと思います。苦労して歩んできた人生の残り少ない時間を一生懸命基地反対に注いでるおじーおばーたちの目は優しくて、どこか悲しそうで、でも絶対に屈しない負けないという強さがありました。

基地に反対する何人もの学生や若者にも出会いました。おじーおばーが経験した戦争の記憶を引き継ぐのも私たちの使命だと思うけど、その経験を忘れずに、これから起こる戦争や、戦争のための米軍基地への反対運動を引き継ぐことも、私たち若者の大事な大事な使命だと思います。

二度と妙子さんのように、戦争でつらい思いをする人を出さないように。

辺野古のきれいな海を戦争のために壊さないように。

「命どぅ宝」……命より大切なものはないと、行動をもって示していかなければいけないですね。

またバイトしてお金を貯めたら、学校が休みの時に、辺野古に行きたいです。

その時、妙子さんに会えたらいいなぁ。

石見《いわみ》博子《ひろこ》さん

広島の原爆に戦後も苦しむ

1934(昭和9)年 0歳 9月20日 広島市広瀬北町生まれ
1941(昭和16)年 6歳 12月8日 マレー半島上陸、真珠湾攻撃
アジア・太平洋戦争開始
1942(昭和17)年 7歳 6月 ミッドウェー海戦で日本海軍大敗
1945(昭和20)年 10歳 8月6日 広島に原子爆弾投下される
左半身の顔、肩、背中に大やけどを負う
8月9日 長崎に原子爆弾投下される
8月15日 敗戦
学校には通わず、父親が勤務する
印刷工場で字を学ぶ
1965(昭和40)年 30歳 結婚。2人の子どもに恵まれる
皮膚移植手術を複数回受ける
2007(平成19)年 72歳 8月 広瀬国民学校の被爆者たちをモデルにした
映画『望郷～広瀬小学校原爆被害者をさがして』
(06年製作)を観たのをきっかけに、
初めて慰霊祭に参加

「あの時、焼け死んでおれば」と思った十八、九の頃を、忘れられない

敗戦の色が濃くなってきた一九四五年八月六日の午前八時十五分、アメリカ軍によって広島に人類史上初めての原子爆弾が落とされた。国民学校五年生だった石見博子さんは、大やけどを負って目が見えないまま、破壊された街の中を逃げまどった。生き延びてようやく迎えた戦後……。だが、日本社会が復興し、豊かになっていくいっぽうで、石見さんら被爆者は言葉にできない苦痛や試練につぎつぎと見舞われた。

広島市内の広瀬国民学校［＊1］に通っていた、五年生の夏でしたね。あの原爆［＊2］が落ちたのは。八月六日はわが家の引っ越しでした。建物疎開《そかい》［＊3］で立ち退《の》きになって、父母と祖母、おば、それから姉と弟とで爆心地から少し離れた平塚町の新居に移ったんです。学校を休んだことで、私は生き残った。登校していたら助からなかったでしょう。国民学校のあたりはほぼ全滅じゃ、言われましたから。

私は新しい家がうれしくて、二階へ駆け上がったり、家の周りをちょろちょろしていました。外に出た時、ウォーンと鈍《にぶ》い音がして、高いところをB29［＊4］が飛んでいました。飛行機雲が三本、晴れた

空にくっきりと流れていて一機、二機、三機、と数えたその時、「バッ！」と目の前が真っ白になって、私はものすごい爆風で、家の中に飛ばされました。

気を失っていたんだと思います。土間《どま》に運び込まれた荷物のかげに倒れていたところを、父が救い出してくれました。

父は、みんなとにかく無事で助かったと思ったのでしょう。「先に比治山《ひじやま》［＊5］へ逃げなさい」と家族に言って、すぐ隣の家の人を助けに行きました。父は気づいていませんでしたが、私の皮膚はぶらさがって、顔は真っ黒。髪は逆立っとったそうです。首から背中、それに顔にもひどいやけどを負って、目が……まったく見えなくなっていました。

それからは、どこをどう逃げたのやら。人がぞろぞろ、ざわざわ右往左往する音。比治山へと続く橋が燃えているのか「橋、渡れん！」と誰かの叫ぶ声。

目が見えんじゃけん、何もわからんのです。母と姉、弟とも離れてしまって、祖母と叔母に手を引かれて、私は真っ暗闇の中をさまよった。ガラスやがれきの上を裸足で歩いて、足の裏がチカチカしとったけれど、頭はぼうっとなって、何も感じませんでした。

たどりついたのは、広島駅近くにあった軍隊の「東練兵場」。周りの人が「しっかりしんさい」と言って、トマトを食べさせてくれました。

被爆した人が大勢、そこに集まっていたのでしょう。夜じゅう、あっちからもこっちからも、うめき声がして「この人、もう死んどるよ」「死んだら運ばにゃいけん」。そんな話し声も聞こえました。

私も、上半身がひどく焼けただれていましたから、もう助からないと思われていたらしいです。実際のところ、言葉にできない痛みでした。

翌日、山越えをして矢賀《やが》国民学校というところへ行き、そこに、人づてに私の居場所を聞いた父が捜しに来ました。けれども私の顔をしばらく見て、「違います」と言ったそうです。それほどまでに、人相が変わっていたんでしょう。私も、父の声のようなのに、なんで見つけてくれないのか、と。その時もう一度、どこかから「ひろこ～」と呼ぶ声がして、私が返事をしたんでしょうね。そいじゃけん、わかったそうです。

そのあとは東雲《しののめ》の「兵器廠《しょう》」に移され、終戦になり、八本松の公会堂に収容されました。目は、やっと一カ月後ぐらいに見えるようになりました。けれども肩は肉が盛り上がり、ケロイドになって、顔はじくじくしてなかなか治りませんでした。

それ以来、私は人前に出なくなりました。大やけどの跡が目立つから学校にも行けなかったし、ずっと、友達もいなかった。

大きな帽子で顔を隠して、一人で映画館へ行ったこともありましたが、後ろの席から「見えん。帽子とって」と言われて。それから行かなくなったわね。私には青春なんてなかった。

何年か経つと、私みたいにひどいケロイドの人はだんだん見かけなくなりましてね。お医者さんによると、大やけどをした人は、ほとんど亡くなってしまったそうです。私がひどいやけどをしたのに生き残ったのは、原爆のあと、市内に入らなかったことが幸いしたのでしょうか。

私は小学校を途中で終わってしまったから、字を覚えるために父が勤めていた印刷工場で働きました。結婚なんて考えたこともなかったけれど、その後、ご縁があって嫁ぐことになりました。相手は「満州」から引き揚げてきた人で、向こうでは、泣きやまない子どもの首を親が絞めて殺すという、むごいことも見た、と話していましたね。

「広島の人は変なねぇ。自分たちも被爆しとるのに嫁さんにもらわん言うて、差別しよる」とか、そんなことも言ってくれました。

子どもを産むのは、不安じゃったけど、二人の娘にも恵まれましたよ。

長女が生まれた時、家にＡＢＣＣ〔*6〕の職員が花束を持ってきて、調べさせてほしいと言う。どこで知ったんでしょうね。私も被爆のあと、ジープで迎えに来られてＡＢＣＣに通ったんじゃけど、まっ裸にしてお尻まで調べるんですよ。嫌じゃ、嫌じゃ、思うてね。

ＡＢＣＣでは検査の結果は教えてくれるけど、治療はしてくれんのです。私たちは負けた国だから、と思った。今でもそうじゃないですか？

何度か大量に血を吐いたこともありましたし、体がだるいと感じたこともあります。やっぱり何よりつらかったのは、ずっと残ったやけどの跡でした。耳もペタッとくっついたままでしたから、手術したいと思ったことも何度もありました。けれども、母親は昔の人じゃから「体に傷つけたら、いけん」と反対する。なかなかできなかったんです。

娘が高校に入った年だったでしょうか。「お母さん、手術したければ、やれば?」とすすめてくれて。それで決心して。

娘は原爆のこと、何もたずねたことはなかったけど、ずいぶん気にかけていたでしょう。学校の参観日にも行かなかったですからね、私。

おなかの皮を取って、顔に貼るという大変な手術でした。それも一度にたくさん取れなくて、三回ぐらいやりました。取ったところに皮ができんで、ケロイドになって、また手術してね。

何度も痛い思いをしたけど、顔がきれいになったら生まれ変わったみたいな気分でね。外に飛び出すようになりましたよ。旅行にも行くし、美容院も楽しみになって。

「私、被爆者なんです」と話しても、全然わからないって言われます。昔からおっちょこちょいでおてんばだったんですが、それが戻ってきましたよ。

いちばんつらかったのは、娘ざかりの十八、九の頃でした。

「あの時、焼け死んだほうがましじゃった」。何度そう思ったことでしょうか。町もどんどん復興していくし、自分だけが犠牲者みたいな気がしてね。

けれども最近、小学校の同窓生の被爆体験を聞いたり、戦後何十年たっても遺骨もない人が大勢おれることとかね、いろんなことを知ったら、私はまだよかったのかもしれん。こうして人に話せるようになったのも、つい、最近のことですね。

戦争はやっちゃいけんね。ぜったいに。原爆もいつかは、聞くだけの話になるでしょうけど、たくさんの人が苦しんで、亡くなってこんなつらい戦後を送った者もいることを忘れないでほしいです。

＊1 広瀬国民学校　爆心地に近い中区広瀬町にあった広瀬国民学校（現・広瀬小学校）では、当時多くの児童が疎開していたが、当日当校していた児童三十七人、教師七人、その他にも行方不明になったまま多くの児童が亡くなった。校庭には「広瀬学区原爆死没者慰霊碑」が建っている。

＊2 広島の原爆　一九四五年八月六日、アメリカ軍のB29「エノラ・ゲイ」が広島に人類で初めてのウラン型原子爆弾を投下。原爆投下直後には大勢の人々が命を失い、また投下後に街に入って被爆した「入市《にゅうし》被爆」などで亡くなった人も少なくなかった。広島市原爆死没者名簿には、二〇一四年八月六日奉納時で二十九万二千三百二十五名が登載されている。

＊3 建物疎開　空襲などを受けて火災による延焼が広がらないよう、建物を解体して防火帯を作った。

＊4 B29　アメリカのボーイング社が製造した大型爆撃機。東京大空襲や各都市での空襲、広島、長崎への原爆投下を行った。

＊5 比治山　爆心地から約一・八キロメートルにあり、爆風をさえぎったため、山の東側には被害が少なかったと言われる。戦後、ABCCの研究施設が置かれた。

＊6 ABCC　原爆傷害調査委員会（Atomic Bomb Casualty Commission）の略。原爆投下のあと、アメリカ政府が被爆の影響を調査するために広島と長崎に設置した。日本政府もABCCの研究に参加。調査研究のみで治療は行わず、被爆者からは非難も浴びた。

石見博子さんへの手紙

長島　楓《ながしま　かえで》
一九九五年生まれ　福島県出身　十九歳　大学生

初めまして。私は福島市出身の長島楓です。実は私も博子ちゃんと同じ十九歳だよ。

私は中学・高校・大学とも行きたい学校に行け、学びたい勉強をして何不自由ない生活を過ごしてます。それも、これも博子ちゃんのように必死に生きて命のバトンをつなぎ、必死に働いて回復の兆しも見えない経済を立ち直してくれた人たちがいたからこそだと改めて感じたよ。博子ちゃん、生きててくれてありがとう。博子ちゃんが「あの時」生きてくれたからこそ、今繋《つな》がっている命があり、私は戦争を見つめ直す機会が得られたんだよ。私に戦争の恐ろしさを教えてくれて、どうもありがとう。

B29「エノラ・ゲイ」が広島に原爆投下した後、博子ちゃんがやけどをして目が見えなくなりながらも戦禍の中を逃げたその時、どんなに恐ろしかったのか、どんなにつらかったのか、そう思うだけで心が張り裂けそうになったの。私が子どもの頃に、目隠しをして友達に手を引かれたまま歩いた時に抱いた恐怖とは比べものにはならないね。私には絶対耐えられないと思う。博子ちゃんは本当に強いんだね。「あの時焼け死んでれば……」「青春なんてなかった」そう思わせた戦争が私は大嫌い。命の大切さと同時に、自分が今生きてるだけで幸せなことを実感したよ。

人間は学ぶ力を持っていると思うんだ。平凡な時が過ぎると、幸せがなにかわからなくなっちゃうの。

今の私が生きている社会はたぶんそう。戦争とか歴史や博子ちゃんたちが教えてくれる教訓を忘れてるんだと思う。そんな時にこの証言のように、今の生活がどんなに幸せなのか、幸せとは何かを指し示すものが必要だと私は思うんだ。だからこそ、博子ちゃんどうか生きて。

私は福島市出身で、福島第一原子力発電所事故で放射能汚染を少なからず受けているんだ。事故が起きたのは二〇一一年三月、私が十五の時かな。放射能なんてわからないから、毎時二〇マイクロシーベルトあった事故後に、外に出てしまったこともあったの。博子ちゃんみたいに体には痛みとかはないけど、やはり妊娠とかは博子ちゃんと同じように不安だな。同じだね！　確かに妊娠とか癌《がん》になったらとか不安だけど、下ばかり向いていられないな。博子ちゃんだって乗り越えてこれたんだもんね。私も前向きに生きていこうと改めて思ったよ。どうもありがとう。

泰緬鉄道の捕虜監視員として死刑囚に

李《イ》　鶴来《ハンネ》さん

1925（大正14）年　0歳　2月9日 朝鮮半島・全羅南道の宝城に誕生
1940（昭和15）年　15歳　創氏改名で日本名に
1942（昭和17）年　17歳　6月 捕虜監視員として釜山で日本軍の訓練を受ける
8月 タイ・ヒントクの捕虜収容所で使役管理
1945（昭和20）年　20歳　8月15日 日本の敗戦・朝鮮の解放
1947（昭和22）年　22歳　3月20日 BC級戦犯としてシンガポールで死刑判決を受けチャンギー刑務所に収容（のちに20年に減刑）
1950（昭和25）年　25歳　6月 朝鮮戦争始まる（～53年7月休戦）
1951（昭和26）年　26歳　8月 チャンギー刑務所から東京の巣鴨プリズンへ
1952（昭和27）年　27歳　4月 サンフランシスコ平和条約で日本国籍から離脱
1955（昭和30）年　30歳　元BC級戦犯たちが同進会を結成
1956（昭和31）年　31歳　10月 釈放
タクシー会社経営に関わりながら元戦犯の待遇改善や名誉回復を求める運動を続ける
1991（平成3）年　66歳　オーストラリアで元捕虜と対面
2008（平成20）年　83歳　「特別給付金給付法案」が国会に提出される
2014（平成26）年　89歳　4月「パネル写真と映像でたどる戦後69年目の韓国・朝鮮人BC級戦犯者問題――長すぎる苦難の歩みといま」開催

死んでいった友の言葉が、ずっと私の中にある。生きているうちに、彼らの名誉を回復したい

植民地だった朝鮮、台湾から、多くの人々が日本の戦争に動員されたが、中には南方の連合国捕虜収容所《ほりょしゅうようじょ》の監視員となり、戦後BC級戦犯として処刑された人たちもいた。タイの泰緬《たいめん》鉄道工事で捕虜を虐待したとして死刑判決を受けた李鶴来さんは同胞の最期にも立ち会い、処刑は免れたものの巣《す》鴨《がも》プリズンに送られ、計十一年の刑務所生活を送った。釈放後は初めての日本社会で、生活苦に直面した同胞の元戦犯仲間とタクシー会社を経営しながら、韓国人元BC級戦犯者問題の解決を日本政府に求めてきた。

私は一九二五年に今の韓国の全羅南道、宝城《ポソン》の農家に生まれました。日韓（韓国）併合《へいごう》［＊1］が一九一〇年ですから、もう十五年も経ったあとです。

小学校では朝鮮語の使用は禁止され、朝礼では宮城遥拝《きゅうじょうようはい》（皇居の方を向いて拝むこと）し、皇国臣民の誓詞《せいし》を唱えさせられていましたね。

一九四〇年には、「創氏改名《そうしかいめい》」［＊2］が行われました。朝鮮人の李や金が、日本人と同じ広村とか金岡になるんです。祖先の名字を大事にしたいが、変えないと差別的な扱いを受けるから、仕方なく変える

人が多かった。私も「広村鶴来《ヒロムラカクライ》」になりました。

太平洋戦争が始まった時は十六歳でした。翌年の春、仲間の一人が日本の区長にあたる面長《めんちょう》から南方の捕虜監視員募集の話を聞かされたと言ってね、「軍属で契約は二年、月給は五十円、おまえも行かないか？」と私を誘ったんです。その数日後には私にも面長から直接呼び出しがあって、行ってきなさい、とかなりきつい口調で言われましたね。年齢は二十歳からで、私はまだ十七歳でしたから資格がなかったはずだけど、いいから行きなさいと。面長やお巡りさんから言われると、逆らうことはできませんでした。

それでも、北海道の炭鉱にやられたり、兵隊になって戦場に行かされるよりはまだ安全だろう、という気持ちもあったんですよね。それで試験を受けて合格しました。家を出る時、お祖母さんが泣いていました。「もうおまえの顔を見ることはないんだね」と言ってね。

一九四二年六月、日本軍の捕虜監視員として朝鮮全土から三千数百人の若者たちが集められ、釜山《プサン》の「臨時軍属教育隊（野口部隊）」に入隊し、二カ月間の厳しい軍事訓練を受けました。軍人勅諭《ちょくゆ》、戦陣訓《せんじんくん》、軍属読法を暗唱させられ、毎日、何かというと殴られていましたよ。声が小さい、姿勢が悪い、銃の手入れが悪い。本当によく殴られた。いちばん嫌いだったのは「対向ビンタ」といって、互いに向き合ってビンタを張り合うことでした。やらせる人は、上官のきげんを取るためにそんなバカなことさせるんですよね。

訓練が終わって、八月に南方へ向かいました。行き先はタイ西部、クワイ川をさかのぼった捕虜収容所です。私は部隊の命令で、六名のコリアンガード（朝鮮人監視員）とともにオーストラリア、イギリス、オランダの捕虜五百名を連れて、さらに奥地のヒントクへ移動しました。泰緬鉄道［*3］っていうインパール作戦のための鉄道で、「戦場にかける橋」の映画で有名になった、あの鉄道工事のために捕虜の使役管理をしていたんです。

ヒントクは昼でも薄暗く、人が足を踏み入れないようなジャングル地帯です。そこを伐採《ばっさい》して宿舎を建て、鉄道工事を始めた。粗悪な環境の中で捕虜たちは飢えて痩せていました。重労働はさせられるし、マラリアや赤痢、コレラなんかになったら最後、薬も病院もないし治療できない。百名以上の捕虜が亡くなりました。

当初の監視員はコリアンガードだけで、私が世話役でしたので司令官のように思われたのかもしれないが、私には何の権限もありません。命令により日本の鉄道隊に労務を提供していたのです。「きょうは捕虜を三百名、出すように」と言われると、無理して集めないといけない。数が足りない時は、捕虜側の責任者とかけあって、病人の中からなんとか働けそうな軽患者を出させるわけです。

捕虜たちの中には、決まりを守らない者もいました。そんな時、「このやろう、ちゃんと守れ」と一つ二つ、ビンタを張ることもあった。自分たちも毎日ビンタ教育をされてきたから、当たり前だと思っていました。それがジュネーヴ条約［*4］で禁止されている捕虜虐待にあたるなどと、だれも教えてくれなかった。私たちは条約の存在すら知らなかったのです。

戦後、私は四人のオーストラリア捕虜から告訴されてシンガポールのチャンギー刑務所に入れられ、食事もろくに与えられず、殴る蹴るの暴行を受けました。たしかにたくさんの捕虜が亡くなったのは気の毒だったが、命令に従っただけの自分に責任はないと思っていました。野口部隊からの上司で当時の責任者だった日本軍の大尉も「ヒントクでの責任は自分にある」と認めていました。なんとか私の告訴が取り下げられ、釈放になったのですが、国に帰ろうと香港に寄港した時、またチャンギー刑務所に連れ戻されたのです。今度は九名のオーストラリア捕虜から告訴され、連合軍の軍事裁判を受けました。そしてBC級戦犯［*5］として、まさかの死刑判決を言い渡されたのです。一九四七年三月二十日でした。「デス・バイ・ハンギング（絞首刑）！」と言い渡されたとき、どうなったか自分でもわからないですよ。手錠をはめられて、その冷たさでハッとわれに返った。それからPホールという死刑囚ホールに連れて行かれました。

判決が下りたら、三カ月ぐらいで死刑執行されるんです。自分の寿命がだいたいわかるわけ。コンクリートの死刑囚ホールには中庭があって、その周囲に独房が二十ぐらいあるんです。

私が入った時、十五人ぐらいの死刑囚がいて、その中に一人、朝鮮人がいた。ふつうに考えられるようなジメジメした感じじゃないんですね。自分たちは一般の犯罪者とは違う、国のために立派に死ぬんだ、というのがあったんだと思います。ところが私たち朝鮮人は、自分の国のためじゃないんだね。「だれのために、なんのために死んでいくのか」。ずっと悩みました。日本の植民地政策に抵抗して死んだ多くの朝鮮人もいたのに、いくら強制動員だからといっても自分は日本の戦争に協力して、捕虜虐待の罪で死刑になる。そのために親兄弟はどんな苦しい思いをするだろうかと。民族に対する、負い目ですね。

死刑執行の前日には、インド人の大尉が通知書を持って来るんです。みんな中庭で碁《ご》なんか打っているけれど、その大尉が来ると、シーンとなる。そこで名前が呼び出されるんです。その夜は、翌日執行される人たちが別の場所に集められて、晩餐《ばんさん》会です。そして翌朝になったら、すぐ隣にある死刑台へ、「ただいま出発！」と大きな声を張り上げて、タッタッと上がる足音も全部聞こえるんです。日本人は「天皇陛下バンザーイ！」、朝鮮人は「独立バンザーイ！」と天地をゆるがすような大声で絶叫しているうちに「カタン」と音がして、それで執行は終わりです。

もう一人の朝鮮人、林永俊《イムヨンジュン》さんの執行前夜、その時は林さん一人だったので私は頼み込んで晩餐会に同席しました。日本名はハヤシさんでしたが、何も食べない、何もしゃべらない。ただ静かに時間が経つのを待っているふうでした。翌朝、最後のお別れの時に、彼は私の手を握ってこう言いました。「ヒロムラさん、減刑になってください。生き残って『ハヤシというのは、そんなに悪い男じゃなかった』と伝えてください」。

そのうち私も死ぬのですから、何も言えないですよね。ただ手を握り返すのがせいいっぱいでした。

私はいつ死刑になるだろうかと思いながら、八カ月を死刑囚監房で過ごし、結果的に二十年の刑に減刑されました。一度釈放されたのにまた死刑囚になったことを、考慮されたのかもしれません。

東京の巣鴨プリズン〔*6〕に移されました。そこにいる間に私たち朝鮮人はサンフランシスコ平和条約〔*7〕で、日本人ではなくなりました。ならば釈放してほしいと訴えましたが、聞き入れられませんでした。一九五六年十月にようやく釈放になったのですが、初めての日本社会ですから、まったく何もわかりません。

韓国に帰ることも考えましたが、あちらでは当時、戦犯は日本軍に加担した対日協力者だと見なされていたんです［*8］。

日本で生活苦と孤独に絶望して、自ら命を絶った友人が二人います。一人は鉄道自殺、一人はお寺の境内で首を吊って。戦犯にされたショックから精神病を発病し、四十年間も日本の病院に入ったまま七十八歳で亡くなった仲間もいます。自分がどこにいるかもわからず、夏に花火が上がると「あれは艦砲射撃だ」とおびえていました。朝鮮半島の留守家族の生死すらわからないままです。

私たち戦犯にできる仕事は限られていました。巣鴨プリズンで車の運転を習ったので、みんな免許証だけは持っていた。タクシー会社ならみんなで働けるんじゃないかと思ってね。資金を援助してくださった今井知文というお医者さんたちのご厚意で、十台のタクシーから始めました。

もうこれ以上、落伍者《らくごしゃ》を出してはいけない。死んだ仲間のために、自分たちが生きていくためにも必死でした。われわれがヘマをしたら申しわけが立たない。そうやって仲間たちと一緒に二十五年間がんばってきたのですが、もう生きているのは四人だけです。


一九九一年にオーストラリアへ行って、私を告訴した捕虜たちに会いました。一時はね、彼らを恨んでいましたよ。だけどよく考えてみると、彼らの大勢の仲間が泰緬鉄道を造るために死んでいるわけです。恨みつらみがコリアンガードにぶつけられるのは、無理もない。私は捕虜側の責任者だったダンロップ中佐におわびをして、自分がチャンギー刑務所で虐待を受けたことも話し、私たちは和解しました。ダンロップ中佐はその二年後に亡くなりました。ええ、立派な人だったと思います。泰緬鉄道では部下を守るために、いつも私と命がけの交渉をしていたんですから。

私たち朝鮮人は日本人として戦争にかり出され、戦後も日本人としてある者は死刑になり、ある者は長い刑務所生活に耐えました。

けれども一九五二年のサンフランシスコ平和条約発効と同時に朝鮮人、台湾人は日本国籍を失い、日本人なら受けられる戦後補償や援護などもほとんど受けられなくなったのです。都合のいいように日本人扱いして、悪くなったら朝鮮人だから関係ないと言うんです。こんな理不尽なことってありますか。

私は、日本人は好きですよ。だけど、日本政府には私たち元BC級戦犯への責任を認めて謝罪と補償をしてほしい。これまで二十九人の歴代首相に六十年間も要望書を出してきましたが、聞き入れられません。裁判所も、私たちの被害事実は認めながらも、本訴は棄却《ききゃく》、国政関与者らの「適正立法措置《そち》を期待する」と付言しているのです[*9]。

日本政府は自らの不条理を改めて、司法の見解を真摯《しんし》に受けとめて、すみやかに立法措置をすることで、亡くなった友人たちの無念の怨恨《おもい》を癒し、名誉回復すべきです。永年の懸案を解決することが生き残った私の責務です。日本国民の良識と道義に、改めて強く訴えたいのです。

***1 韓国併合**　一九一〇年に日韓間で締結された「韓国併合に関する条約」では「韓国皇帝陛下は、韓国全部に関する一切の統治権を完全且《かつ》永久に日本国皇帝陛下に譲与す」(第一条)と定め、植民地政策が行われた。

***2 創氏改名**　朝鮮を日本に同化させる内鮮一体のために、日本政府は儒教に基づいて姓を名乗っていた朝鮮民族に日本人と同じ「氏」を名乗らせ、場合によっては「名」も変えるという制度を作った。

***3 泰緬鉄道**　一九四二〜四三年、旧日本軍が物資輸送のために敷いた、タイからビルマまで全長四百十五キロに及ぶ鉄道。連合国の捕虜約六万人、数万人のアジア人労働者が働かされて多くの死者が出た。「死の鉄路」と呼ばれる。

***4 ジュネーヴ条約**　戦争や紛争で、民間人や戦闘行為ができなくなった捕虜、傷病

者などを保護するためにスイスのジュネーヴで制定された条約。日本は一九二九年に制定された「俘虜《ふりょ》の待遇に関する条約」に署名したが、批准《ひじゅん》していなかった。開戦後、連合国からの問い合わせに（そのまま「適用」するのではなく適宜変更もあるとして）「準用」回答をしていた。

＊5 ＢＣ級戦犯　アジア・太平洋戦争で戦勝した連合国が行った裁判では、侵略戦争を起こした「平和に対する罪」をＡ級、「捕虜虐待など非人道的行為」をＢＣ級戦犯とした。ＢＣ級戦犯として五千七百人が裁かれ、朝鮮人百四十八名中二十三人、台湾人百七十三名中二十一人をふくむ約千人が死刑になった。

＊6 巣鴨プリズン　一九四五年十一月、現在の東京・東池袋に開設された戦犯収容施設。一九四八年十二月二十三日には東條英機ら七名のＡ級戦犯が処刑された。

＊7 サンフランシスコ平和条約　一九五一年九月、アジア・太平洋戦争を正式に終わらせ、賠償などの仕組みを決めるために、連合軍と日本の間に締結された条約。日本は占領期を終えて主権を回復し、植民地だった朝鮮、台湾の人々は日本の国籍を失い、日本人同様の補償を受けられなくなった。

＊8 韓国における戦犯　二〇〇六年、韓国ではＢＣ級戦犯として裁かれた人たちを対日協力者ではなく強制動員の被害者だと認め、名誉回復がなされた。

＊9 裁判と法整備　日本政府に謝罪と補償を求める裁判を起こし、一九九九年に最高裁は被害事実を認めながらも上告棄却判決。二〇〇八年にはＢＣ級戦犯問題「特定連合国裁判被拘禁《こうきん》者特別給付金支給法案」が国会に提出されたが一度も審議は行われないまま、国会が解散してしまった。

李 鶴来さんへの手紙

大村浩之　おおむら ひろゆき
一九九二年生まれ　新潟県出身　二十二歳　大学生

初めまして、大村浩之といいます。戦争を経験したことのない、日本の若者です。

李さんの戦争中の体験を読みました。その中には、私たちが受けた教育の中では語られることのなかった当時の日本の姿がありました。


李さんのお話を読んでから、私は、戦争は人の命だけでなく、人としての尊厳も奪ったんじゃないか、ということを考えるようになりました。祖国のため、と誇りをもって死んでいった人がいる中で、日本人にさせられた朝鮮人の自分たちは、誰のためにも、何のためにも死ねないという負い目、対日協力者として戦犯にされた自分の死のあとに残される家族を思い悩んだという李さんの言葉と、林永俊さんの「生き残って、『ハヤシというのは、そんなに悪い男じゃなかった』と伝えてください」という最期《さいご》の言葉に、死の尊厳が傷つけられることの重大さを思わずにいられません。

同時に、なんのためにどう生きるのかという生き方の尊厳も、大きく傷つけられていたように思えます。創氏改名をはじめとしたいくつかの植民地政策についてごく表面的には、私たちも教わっています。しかし、李さんの言葉にふれて初めて、そうした政策が現実に何をもたらしたか、知ることが出来ました。自分の名前を名乗ったり、自国の言葉を話すという当たり前の自由も認めず、徹底して人間のアイデンティティーを奪う、その行いの残酷さに、憤りと悲しさを感じます。私たちにも、戦争当時ほどかはわかりませんが、自分の国やふるさとへの愛情があります。ふるさとの言葉は、私を形作るかけがえのないものの一つです。それらを否定するということを考えただけでも、つらくみじめな気持ちになります。

また、李さんが捕虜監視員となった時に受けた軍事訓練についても、もともと人の心に備わっていた道徳のブレーキを壊し、価値観を歪《ゆが》めてゆくものであったように思えます。どうして人間をこのように軽く扱うことが出来たのでしょうか？　当時の人々の怒りや憎しみ、悲しみを現代の私たちはもう少し知る必要があると思いました。

あくまで、私は戦争を生きた日本人ではありません。しかし、私の祖父や祖母、またその上の人びとは戦争を、戦後を生きていました。そして、私が生きている今はその過去の上にあります。ならば、過去を知らないで切り捨てるのではなく、過去を引き受けてその上で今や未来を創るべきじゃないか。李さんの言葉は、私にそう問うてくれたように思います。

李さん、ありがとう。私は、李さんたちは〝悪い男じゃなかった〟、そう思います。

東京から信州へ学童疎開を引率

岩瀬房子《いわせふさこ》さん

1923(大正12)年 0歳 6月28日 千葉県山武郡(現・山武市)に誕生
生後まもなく東京の池袋に転居

1941(昭和16)年 18歳 12月8日 マレー半島上陸、真珠湾攻撃
アジア・太平洋戦争開始

1942(昭和17)年 4月 西巣鴨第一国民学校の教師に赴任
6月 ミッドウェー海戦で日本海軍大敗

1944(昭和19)年 21歳 8月 学童疎開を引率し、長野へ

1945(昭和20)年 22歳 8月15日 敗戦

1946(昭和21)年 結婚、教師を退職

1947(昭和22)年 23歳 5月3日 日本国憲法施行

1981(昭和56)年 58歳 東京・北区に平和学習グループ「いずみの会」を創設。『ガラスのうさぎ』などの映画上映や地域活動を行う

2008(平成20)年 85歳 この頃まで平和運動や国会議員への働きかけにも参加

命がいちばん大切、と子どもたちから教わった

戦況が悪化してくると、都市部の子どもたちを農村部に避難させる学童疎《そ》開《かい》が行われるようになった。まだ新米教師だった二十一歳の岩瀬房子さんも、国民学校の子どもたちを引率して東京から信州へ。親を恋しがる子どもたちの母親代わりをつとめた。そして敗戦。GHQ占領下での新しい学校教育は先が見えず、不安でいっぱいのスタートだった。

私が念願の教師になったのは一九四二年。十八歳の春でした。

前年の十二月八日、日本軍はハワイの真珠湾を攻撃しました。今でもはっきり覚えています。朝、新聞を読んでいた父が、ふだんは穏和な人だったのですが厳しい顔をして「アメリカと戦争して、勝てるわけないいじゃないいか。バカなっ！」と、吐《は》いて捨てるように言ったのです。

その朝、「行ってまいりまぁす」と家を出て振り返ると、家の物干しでは洗濯物がひらひら風に揺れ、空は青あおとしているのよ。「こんなに静かで平和なのに、戦争が起こるんだろうか……」なんだか不思議な気持ちだった。

それから世の中全体がだんだん、戦争に協力しなくちゃいけないムードになっていきました。「贅沢《ぜいたく》は敵だ」と言われ、女の人は「パーマネントはやめましょう」ってお互い注意し合うようになったりね。私が勤め始めた国民学校［＊1］でも、男の先生は出征［＊2］してつぎつぎいなくなった。朝礼の音楽も、最初はタンタカタッタって軽快な「トルコ行進曲」だったのに、いつの間にか「海行《ゆ》かば」［＊3］に変わりました。この曲を聴くと、海に浸《つ》かっている血まみれの兵隊さん、雨にしたたか濡《ぬ》れて草むらに横たわる兵隊さんたちの姿が浮かんで、なんとも言えない気持ちでした。ですから、私は今でも「海行かば」が嫌いです。

いよいよ戦争が激しくなってきた一九四四年八月。三年生の女生徒たちを引率して、長野の戸倉温泉（現・千曲《ちくま》市）に学童疎開［＊4］することになりました。

私が受け持ったのは二十人ぐらいでした。子どもたちは遠足気分でリュックを背負い、いっぽう、駅に見送りに来たご両親は気が気ではないようでした。私の腕にぶら下がるようにして「この子はすぐ風邪を引くんです。先生、よろしくお願いします」「おねしょしないように、おしっこに起こしてくださいね」とおっしゃってね。一人ひとりの母親代わりになるんだと思うと、不安でいっぱいでした。

遠足気分の子どもたちが喜んだのもつかの間で、三、四日経つと家が恋しい、帰りたいと言う。疎開先でもだんだん食べ物が粗末《そまつ》になって、子どもたちはお腹を空かせて、枕の中の小豆《あずき》まで口にしていました。お夕食はみんなで輪になって食べましたが、すいとんが出ると、私は大人だから一つくらい多く入っているの。子どもたちの目が、じーっとそこに注がれて、でも一人にあげるわけにはいかないし。もう、味なんてない。飲み込むようにして食べましたね。

子どもたちに一番こたえたのは、親と離ればなれの寂しさでした。千曲川のほとりを散歩していると、子どもらの背丈ほどの黄色い月見草が一面に咲いていて、その中に入って楽しそうに遊んでいるのですが、遠くを東京行きの汽車がポーと走っていくと、いっせいにそちらを向いて「おかあさ〜ん」と叫ぶんですよ。ぽろぽろ涙をこぼす子どもらを抱きしめて、こっちも泣きたかった。私だってまだ二十一歳でしたもの。

時々、親たちが面会に来ることがあって、子どもたちには何よりの楽しみでした。桂子ちゃんていう子はね、学校へ行っている間に母親が帰ってしまい、駅まで追いかけて行ったの。でも汽車は出たあと。彼女は線路の上を泣きながら歩いて帰ってきて、みんなの前で泣いちゃいけないからと、宿に戻る前に涙をぬぐったそうです。ずっとあとで聞いたことですけどね。子どもたちもがまんを強いられました。

忘れもしない、四五年の夏のことです。ある夜中に「グオオォ〜」っと、ものすごい地響きがして、続けて空襲警報が鳴ったのです。

信州の山の中にまで米軍のB29［＊5］が飛んできたんですね。あわてて旅館の二階に寝ていた子どもたちを起こしたものの、どうしていいかわからない。一階に降ろして名前を呼んで、全員いることを確認して、玄関のそばの広間に頭を真ん中にして放射状に寝かせました。

そしてふとんを何枚もかぶせて、その上に私がうつぶせに乗って「起きちゃだめだよっ。頭上げるんじゃないよっ！」。後にも先にも、あんな乱暴な言葉で怒鳴《どな》ったことはありません。とにかく子どもたちに、飛び上がられちゃたまらないと思って。幸い、爆撃はされませんでしたが、心臓も凍る思いでした。よそさまの子どもに何かあったら……自分のことなんかこれっぽちも考えられなかったわね。

彼女たちとは今でも時々、会いますが「ふとんの重みを肩が覚えていますよ」「あの時の先生、怖かった」などと言いますよ。「先生は重かった」（笑）って。だって、命だもの。

日本は勝っている、と聞かされてきましたが「B29が信州にまで飛んできたのだから、もう負けだな」と思いましたね。玉音放送《ぎょくおん》［＊6］は、泊まっていた旅館の前に整列して聞きました。「耐えがたきを耐え、忍びがたきを忍び」という、あの放送です。ああ日本は負けたのだと、ずしーんと鉛でも飲まされたみたいになりました。子どもたちを部屋に集めて、戦争に負けたことをどう伝えたものか、子どもたち、泣くんじゃないだろうか。

ところが、一瞬しーんとしたあとで、スギちゃんという小柄なおてんばさんがすっとんきょうな声を出して「おうちに帰れますね！　お父さん、お母さんに会える」。ほかの子たちも喜んで、チョウチョのように部屋の中を飛び回って。私も「ああ、ほんとうにそうだ。戦争で殺されることはもうない。私もこの子たちも助かったんだ」。へたへたとその場に座り込んでしまってね。

生きていることがいちばん大切なんだと、子どもたちに教えられました。だから私の原点は、敗戦なんです。

けれども、気持ちは晴れませんでした。私も学校では「日本でいちばん尊いのは天皇陛下です」と教えた。二重橋［＊7］を知らないと言う子どもたちを連れて、無邪気に皇居へ参拝に行ったこともあったのよ。なんにも知らなかったって言えばそれまで。だけど、戦争に加担したことになるんじゃないか。教師としてつらい時期でした。「これから日本はどうなるんだろう」。子どもたちの教科書を回収して、戦争を賛美する言葉を墨で塗りつぶしながら、それが何を意味するのかさえわからない。もしかすると、こうしてこれからすべてアメリカの言いなりになるんだろうか、と思いました。

一年ほどして結婚し、子どもができたのを機に、私は教壇を去りました。

自信を失っていた時、希望を与えてくれたのが「教育基本法」と「日本国憲法」でした。目を皿のようにして新聞を読んで「すごい、すごい」。あの時はうれしかったですねえ。とくに戦争放棄をうたった憲法九条は、こんなことができるんだ、と。私はようやく立ち直ることができた。「これで生き直せる！」と思ったの。

三人の子育てを終えてからは、もう一度、戦後の新しい民主主義を学び直したいと思った。理由はいろいろあったんですけど、一つには、知らないことは罪になる、と戦争でしみじみわかったから。市川房枝《いちかわふさえ》［＊8］さんのもとで学んで、もともとが亥《いのしし》年で猪突猛進《ちょとつもうしん》なものだから、おかしいと思ったら自分から走り出して、そうやって平和のことや、地域を暮らしやすくする活動にずっと関わってきました。近所の子どもたちに戦争のことを伝えたいと思って、親子で『はだしのゲン』や『ガラスのうさぎ』［＊9］を鑑賞する「いずみの会」もこしらえました。

それなのに、二度と戦争をしてはいけないという当たり前のことも、命の大切さも、今の時代、わからなくなってきているようです。

命がいちばん大事。私は疎開先で子どもたちから教わった。生きている限り、それを伝えたいのです。

＊1 国民学校　一九四一年四月から従来の小学校に代えて設置された学校。初等科六年、高等科二年の八年間の義務教育となった。天皇や国家に尽す国民づくりを目指し、国民科や体錬科などの教科で心身一体の教育を進めた。

＊2 出征　軍隊に入って戦地へ行くこと。

＊3 海行かば　「海行かば水漬《みづ》く屍《かばね》、山行かば草生《くさむ》す屍……」(海を行くと水に浸かった屍、山に行けば草生い茂る中に眠る屍)と歌った軍歌。万葉集の大伴家持《おおとものやかもち》の歌から抜粋。

＊4 学童疎開　防空の足手まといになる、次代の戦力を保持するなどの理由から学童疎開が行われた。個人的な縁故疎開が原則だったが、一九四四年夏以降は東京など全国十三都市の国民学校三年生から六年生までを、地方の旅館や寺院などへ集団疎開させた。一九四四年八月二十二日、沖縄の那覇から九州に学童疎開していた子どもたちを乗せた「対馬《つしま》丸」が米軍潜水艦に撃沈され七百七十五人が犠牲になり、また一九四五年三月十日の東京大空襲では卒業や進学のため東京に戻っていた多くの学童が亡くなった。疎開中に家族が空襲などで死亡し、戦災孤児になった子どもも少なくなかった。

＊5 B29　米国のボーイング社が製造し、一九四二年に初飛行した戦略爆撃機。東京大空襲や各都市での空襲、広島・長崎への原爆投下を行った。

＊6 玉音放送　一九四五年八月十五日正午、ラジオ放送された昭和天皇自身の声による「終戦の詔勅《しょうちょく》」の放送。

＊7 二重橋　皇居前広場から正門を経て宮殿へ向かう濠《ほり》にかかる二つの橋を総称することが多いが、厳密には奥にある橋を指す。

＊8 市川房枝　女性に選挙権がなかった戦前から婦人参政権運動に関わり、一九五三年には自らも参議院議員に。戦争中には戦時体制に組み込まれたが、戦後は反戦平和を提唱した(一八九三〜一九八一)。

＊9『はだしのゲン』『ガラスのうさぎ』　中沢啓治が自らの被爆体験をもとに描いた漫画『はだしのゲン』や、東京大空襲で家族を失った高木敏子の児童文学作品『ガラスのうさぎ』は、戦後のロングセラーとして多くの子どもたちに読み継がれた。

岩瀬房子さんへの手紙

武井佑紀乃《たけい ゆきの》
一九八八年生まれ　神奈川県出身　二十六歳　教師

拝啓　あの日のあなたへ

私は今、二十代も半ばを過ぎ、教壇に立つのも四年目になります。自分が学生だった頃は、「せんせい」というと、本当に大人で、住む世界も違って、だからこそあまり好きではなくて……思春期ならではの「心のモヤモヤ」をぶつける相手でした。そんな子どもだった私が、まさか教師になるなんて、当時は考えも及びませんでした。今でも当時の先生方とお会いすると、頭が上がりません。

社会人になり、周囲からもやっと「大人」の扱いを受けるようになった頃、祖母からいろいろな昔話を聞かせてもらうようになりました。祖母は長崎出身で被爆者でした。私は実体験に基づく凄惨《せいさん》な話を身近な人から聞くことで、ぐっと「戦争」というものが身近に迫った心持ちがしました。「食べ物を思いきり食べられることが幸せ」「家族で一緒に旅行に行けるなんてすごい」……祖母がそれまで言っていた言葉の、本当の意味がわかった気がしました。当たり前が当たり前ではなかった時代がある。今を生きる私たちは、当時の経験がないからこそ、事実を知らねばならないのだと痛感するようになりました。

そんな時に岩瀬さんのお話をうかがって、同じ年頃で、また、同じ教師として、本当に胸が張り裂けそうでした。自分が岩瀬さんのような経験をすることになったら……。考えても考えても、私には平和でない日本が想像できませんし、答えが見つかりません。岩瀬さんが感じられた寂しさやつらさ、悩み、憤り……想像を絶することでしょう。共感だなんておこがましいとさえ、感じました。情けないです。

しかし、今も昔も変わらないのだと、変にうれしく感じられたのは、「大人が子どもに教えられることもある」ということでした。終戦の瞬間、「助かった！」「家族に会える！」と、声を大にして叫べた大人はどれだけいたことでしょう。軍国主義に染まっていた日本で、純粋に家族を恋しく思い、自分の心の内を正直に表現できたのは、子どもだけだったのかもしれませんね。

私は今、中学生や高校生と一日の半分以上を共に過ごしています。教師という立場ですから、褒《ほ》めたり、叱ったり、時に一緒になって何かに夢中になったりもします。いつか、立派に成長した教え子を見るのが私の夢です。ですが、子どもであるはずの彼ら彼女らに、はっと気づかされるときも多くあります。授業中、思いもよらない質問が飛んできたり、まっすぐな感情で喧嘩《けんか》をしていたり。私たちが成長してしまって「できなくなったこと」を、子どもたちはまっすぐに行います。岩瀬さんも、あの終戦の時、そんなことを感じられたのではないでしょうか。

私は、「せんせい」としてはまだまだ未熟です。ですが、私なりに、先に生きてきた者らしく、誇りを持って次世代の子どもたちに多くのことを教え、伝えていきたいと思います。そして、岩瀬さんのような果敢な「先生」がいらっしゃったことも。

敬具

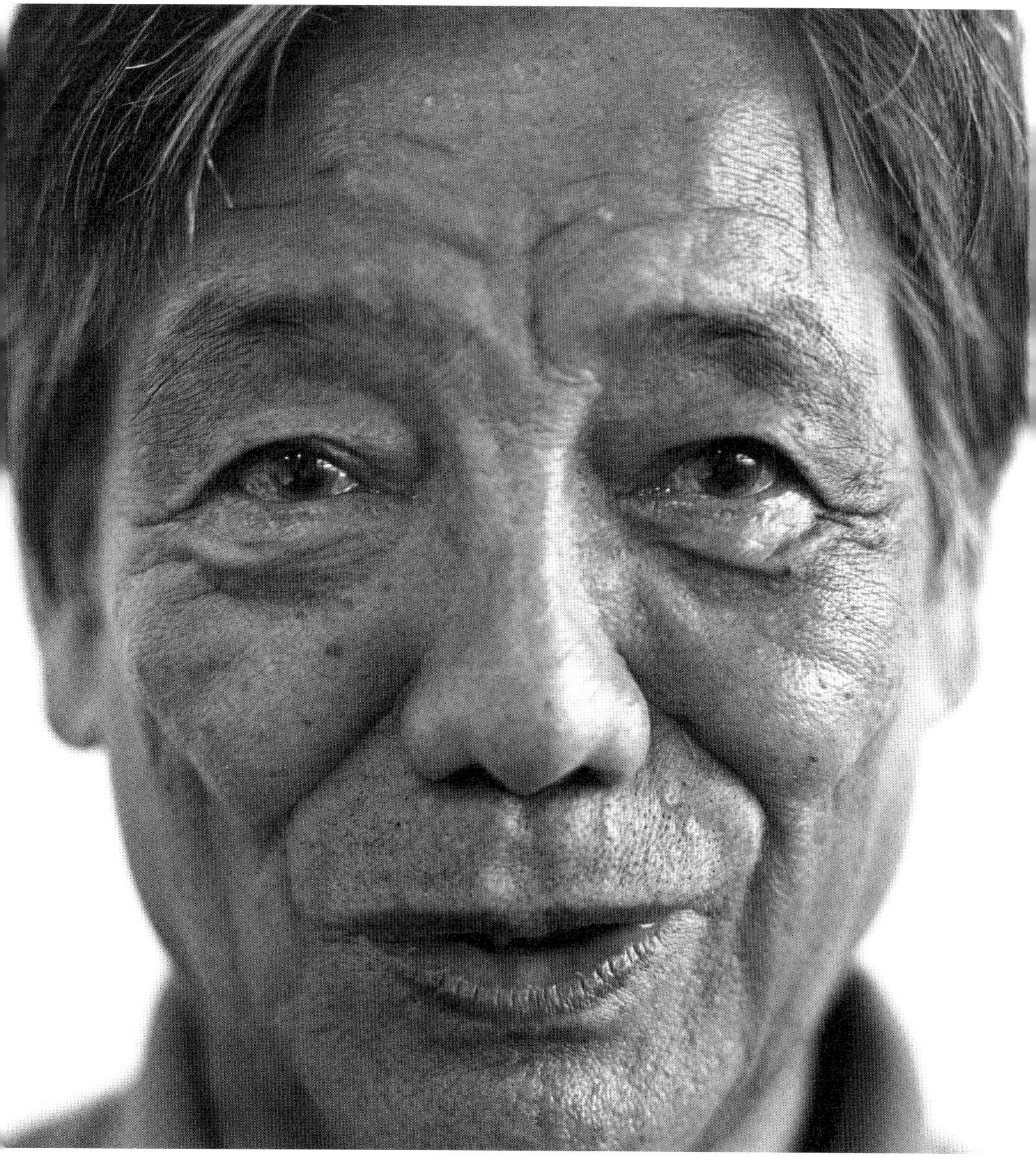

沖縄戦で鉄血勤皇隊に動員

金《きん》城《じょう》幸《こう》裕《ゆう》さん

1928(昭和3)年 0歳 12月15日 沖縄県佐敷町(現・南城市)で誕生
1941(昭和16)年 12歳 12月8日 マレー半島上陸、真珠湾攻撃
アジア・太平洋戦争開始
1944(昭和19)年 15歳 10月10日 学校の帰りに十・十空襲を目撃
1945(昭和20)年 16歳 3月27日 沖縄県立第一中学校の卒業式
鉄血勤皇隊に入隊
4月1日 米軍が沖縄本島に上陸
5月 鉄血勤皇隊を除隊し、母、弟と
戦禍を逃れて南部へ
6月19日 米軍に捕まり捕虜になる
6月22日 第32軍首脳陣指揮の戦闘終結
8月15日 敗戦
9月7日 第32軍奄美・先島守備隊
沖縄の森根で正式に降伏調印
1951(昭和26)年 22歳 9月 サンフランシスコ平和条約調印
沖縄は米国の施政下に
1952(昭和27)年 23歳 琉球大学在学中に交換留学生として
アメリカ・メイン州の大学で学ぶ(~55年)
卒業後は貿易関連の仕事や通訳などで、
海外にも滞在
1972(昭和47)年 43歳 5月15日 沖縄、日本復帰
2010(平成22)年 81歳 8月12日 逝去

もし若者が戦争に行かされそうになったら言いますよ。「逃げろ」と

二十万人の犠牲者を出し、県民の四人に一人が亡くなった沖縄戦。戦争末期の沖縄では、中学生以上の男子が「鉄血勤皇隊《てっけつきんのうたい》」「学徒通信兵」など学徒隊として戦争に動員された。一九四五年三月、沖縄県立第一中学校（＝一中）を卒業し、その日に鉄血勤皇隊へ入隊した金城幸裕さんがまずさせられたのは、遺書を書くことだった。しかし、戦火が激しくなり除隊が認められると、母と幼い弟を連れて首里《しゅり》から激しい戦闘の中を南部へと逃げ、生き延びる。除隊せずに鉄血勤皇隊に残った友達は、地上戦に巻き込まれ大勢が亡くなった。

ぼくはもの心ついた頃から、首里［＊1］で育ちました。おじいさん、おばあさんからウチナーグチ（沖縄の言葉）を教わったから、小学校にあがるまでは、ヤマトグチ（標準語）ができなかった。先生の言うことがさっぱりわからなくて苦労しました。

それでもぼくは、「ボーチラー」と呼ばれていてね。元気いっぱいだった。沖縄の言葉で「ボーチラー」は、きかん坊、いたずらっ子という意味なんですよ。

沖縄で空襲が始まった、一九四四年十月十日［*2］。ぼくは当時、一中の四年生でしたけど、米軍機が何十、何百とやってきて、学校では、みんなすぐ家に帰れと言われた。だけどまっすぐ帰らずに首里の高台に登って、町じゅうが爆撃されて火の海になるのを、ずっと見ていました。不思議と怖くはなかったが、「もう負けたな」と思った。

その前にサイパンが陥落《かんらく》した時も、新聞の見出しには「機あれど、飛機なし」（勝つ機会はあっても飛行機がない）と書かれていたよ。大本営《だいほんえい》発表［*3］はうそばかりと言われたけれど、新聞をよく読めばわかりましたよ。日本に勝ち目がないことは。

一九四五年の三月二十四日だったか。三日後に中学の卒業式を控えていました。その頃、米軍上陸前の空襲が連日続いてね、ぼくらも家族で壕《ごう》に逃げ込んでいました。

そこへ小学校からの同級生、池原くんがやって来てね、中学の卒業式のあとで「鉄血勤皇隊」［*4］が結成されることを告げに来たんです。いわば召集《しょうしゅう》ですな。その当時は、行くのは当たり前。今だったら親も止めるでしょうけれど、そんなことはできる世の中じゃなかった。

一中の卒業式は、夕方、薄暗くなってから行われました。米軍は日没近くになると、ぴたっと攻撃をやめるんです。それを待って、卒業式が始まった。配属将校［*5］の篠原保司先生から「おまえたちはきょうから、鉄血勤皇隊の隊員だ」と言われて卒業式がそのまま、入隊式になったんです。家に帰れないから、卒業証書も先生に預けて、それっきり見ることもありませんでした。

ぼくらはみんな、遺書を書かされました。「悠久《ゆうきゅう》の大義［*6］のために散っていきます」。ぼくは軍国少年でしたからね、かっこよくそんなことを書いた。それと遺髪用の髪を封筒に入れて、先生に渡しました。けれども、この時の遺書が本当の遺書になった友達も、たくさんいるんですよ。鉄血勤皇隊では大勢死んでしまったのだから。それも戦闘に限らず、後ろのほうで爆撃されたりして、命を落とした者もいたのだから。

親友の池原くんも、除隊後でしたが、沖縄戦で亡くなってしまいました。

鉄血勤皇隊では二等兵だったから星が一つ付いていましたけどね、やらされたのは穴掘りですよ。玉《たま》陵《うどぅん》［＊7］のところにぼくたちの壕があって、そこから首里城にあった司令部の壕を掘りに毎日、通っていました。ほかには、保線工事。連絡のための電線が切れ、付近の地理に明るかったぼくは、それを直す兵隊たちの道案内をしたことがある。司令部を出発する時に、中佐殿から手榴弾《しゅりゅうだん》［＊8］を渡されて、「これは、敵に投げるんじゃないぞ。つかまりそうになった時に自決するためのものだ」と言われました。幸い、手榴弾を使わずに帰ってこれましたがね。

ぼくが鉄血勤皇隊にいたのは、一カ月ほどなんです。五月の初め頃、篠原司令官（一中時代の配属将校）から「もし家族がいて、そこへ行けるのなら帰ってもよい」と言われてね。あとで考えたことですが、戦争中に帰ってよいと言われるはずはない。隊にもう食い物がなくて、兵隊を減らす必要があったんでしょうな。

ぼくをふくめ、十九名が除隊しました。友達からは「敵前逃亡《てきぜんとうぼう》したら、あとで軍法会議にかけられるぞ」とか、弱虫だとかいろいろ言われたけれど、本当にひもじかった。今の人にはわからないですよ。いつも考えるのは食べ物のことばっかりで、口を動かしているやつを見ると、「あいつ何か食ってる」としか考えなかったんだから。みじめなもんでしたよ。

だけどね、結局は除隊して命拾いをしたと思っています。そのままついて行った連中は、米軍の攻撃を受けて、帰って来られなかった人も多いですから。死んだ友だちの名前が寮の跡地に刻まれていますけどね［*9］、今でも彼らの顔も声も性格も、成績まで覚えてますよ。

家に帰ったら、父は召集されていて、母と五歳になる弟だけが残っていました。ぼくが弟をおんぶして、アメリカ軍が来るからと南に向かって、三人で逃げました。

五月の終わり頃には、日本兵も部隊がなくなって、ちりぢりばらばら、飯をあさって。敗残兵ですよ。六月の十七日か……ぼくが捕虜になる二～三日前、摩文仁《まぶに》の海岸で、てこてこ歩いている日本兵数人に会った。上等兵は持っていた軽機関銃を、「弾もないのにこんなもの持って、何になるか」と草むらに捨てたんです。天皇から預かったと言われていた武器をです。びっくりして、これではこの国はもう終わりだ、と思いました。

逃げる途中、たくさんの死者を見ましたよ。忘れられないのは、直撃弾を受けた母親の冷たい骸《むくろ》に、赤ちゃんがしがみついて死んでおったことですよ。何時間か前まで生きてたでしょうね。かわいそうで見ちゃおれんかった。

いちばん恨《うら》むのは、あの頃の日本の指導者ですよ。孫子《そんし》の兵法ではないが、敵も知らず、己も知らず、バカな戦争をしたと思いますよ。

ぼくたちは逃げ続けたが、とうとう六月十九日に最南端の喜屋武《きやん》に近い山城《やましろ》というところで捕まった。夜十時頃じゃなかったですかね。二十名ぐらいの男女と一緒に豚小屋のような所に隠れていたんですが、米軍がやってきて、もう逃げられないとわかりました。

米軍が撒《ま》いたビラに「あなたたちは殺さない。出てきなさい」と日本語で書いてあったしね、米兵はむやみに人を殺さない、といろんな人から聞いていたので、みんなが豚小屋から、そろりそろり、出て行った。

照明弾が打ち上げられ、まぶしくて目が開けられない。それが消えた時、目の前に現れたのは、ライフル銃を持ってずらっと向こう側に並んでいる米兵たちでした。

日本語をしゃべれる米兵が「あなたたちは助かった。今夜はこの穴の中で寝なさい」と言ったんです。目の前に、十畳ぶんぐらいはあったか、艦砲射撃《かんぽうしゃげき》［*10］でできた大きな穴が開いておったんです。

殺さんとわかったら、すぐ思ったのは「きょうは眠れる」ということでした。それまでは、一度も安心して寝られなかったからね。夜中すぎに雨が降ってきて、ずぶぬれになりました。じゃーじゃー水道の水かけながら寝ているようなものですよ。

でも、だれも起きなかった。「もう殺される心配はない。爆撃もされない。雨ぐらいなんだ」って。雨の中で初めて熟睡しましたですよ。


翌日、糸満《いとまん》まで歩かされ、その先はトラックに乗せられて、普天間《ふてんま》の捕虜収容所へ連れて行かれました。そこへ一週間ほどいる間に、戦闘は終わったんです。

日本人捕虜が大勢いましたが、米軍はわれわれに仕事させません。ブルドーザーが千人分ぐらい仕事するから人間は必要ないんです。びっくりしてね、ああ、こんな国と戦争したんじゃかなわない、と思いました。

ぼくはまだ十六でしたからね、しかもボーチラーでしょ。こんなつまらん所にいられるかと、母と弟を残して独りで収容所を脱出しました。ぼくは、寂しさや怖さを知らないんです。感傷《かんしょう》的にもならないしね。いつも、なんとかなるさ、という気でいました。

そのあとは米軍キャンプで働いたこともあります。ぼくの父親はとうとう生きて帰らなかったし、戦争では日本はひどい目に遭《あ》わされたけれど、ぼくにとっては、日本兵のほうが怖かった。日本兵からはビンタされましたが、アメリカ兵から殴られたことはないからね。

大学在学中に、アメリカ留学の試験に通って、メイン州の大学に通いました。その後の仕事も、海外との取り引きが中心だったので、世界中に知人や友人がたくさんいるんです。今はまったく、恨みはありません。

けれども、アメリカ人があの戦争のことを、人道的だったと言うと、こう言い返さずにいられない。「おまえさんね、兵隊だけじゃなく一般人をたくさん殺したんだよ」。そんなことない、と相手が否定しても、「ぼくはその中にいたんだよ。たしかにドイツや日本は悪かったかもしれないけど、おまえさんたちも、そんなにきれいじゃなかったよ」。目の前で見ましたからね。たくさん普通の人が殺されるのを。

「悠久の大義のために」などと、今じゃ絶対に言いません。ぼくは平和主義者ではないが、自分の子や孫が戦争に行かされるとなったら、身を挺《てい》してでも守りますよ。

戦争で死んでも、いいことなんか一つもない。その時だけで、すぐに忘れられてしまう。覚えていて嘆いてくれるのは母親だけです。

だからもし、戦争に行かされそうになったら、若い人にはこう言うね。「国のためなんて考えるな。逃げろ!」と。

＊1 首里　琉球王国時代から城が築かれ独自の文化が育まれ、首都として栄えた。沖縄戦では首里城の下に地下壕が掘られ、第三十二軍司令部が置かれた。そのため日米攻防戦の激戦地となり、首里城と市街は大きく破壊された。首里市は戦後那覇市に編入。

＊2 十月十日の空襲　一九四四年十月十日に沖縄が米軍から受けた大規模な空襲を「十・十《じゅうじゅう》空襲」と呼ぶ。那覇では民家の九割が焼失し、沖縄本島で約六百人(那覇市立教育研究所資料)が死亡した。

＊3 大本営発表　大本営は天皇が戦時に陸・海軍を統率した最高統帥《とうすい》機関。大本営から戦況に関する情報を国民に向けて発表していたが、大きな被害を受けていても優勢に見せかける報告も行っていた。

＊4 鉄血勤皇隊　沖縄戦では男子中等学校生徒が戦闘要員に組織されて実戦に参加。沖縄県立第一中学校(現・県立首里高等学校)では一九四五年三月、三年生から五年生まで二二〇名が鉄血勤皇隊に、一年生一一五名が学徒通信兵に動員された。鉄血勤皇隊の主な作業は陣地構築、弾薬や食糧の運搬、通信、伝令などだったが、米軍に追われて首里から南部に撤退。住民も巻き込まれた地上戦で同中学校では一年生から五年生まで二九〇名(養秀同窓会資料より)が亡くなった。

＊5 配属将校　軍事教練などを指導するために、中等学校以上の学校に配属された現役将校。

＊6 悠久の大義　悠久は果てしなく長く続くこと、大義は人として守るべき道。戦争中は天皇や国家への忠誠を誓う言葉だった。

＊7 玉陵　琉球王国第二尚氏《しょうし》の歴代国王と一族を葬った墓。一五〇一年に建立。

＊8 手榴弾　手投げ弾。一発は敵の攻撃用に、一発は自決用に軍から渡されることもあった。

＊9 一中学徒隊資料展示室、一中健児《けんじ》之塔　現在の県立首里高等学校の近く、かつて一中の養秀寮があったところに「一中学徒隊資料展示室」が設立されている。鉄血勤皇隊、通信隊と教職員の遺影や遺書、遺品などを展示。戸外には「一中健児之塔」、教員を含む犠牲者の名が刻まれた「刻銘碑」がある。

＊10 艦砲射撃　軍艦に搭載された大砲(艦砲)で、海上、陸上にいる敵を攻撃すること。沖縄戦では米軍による艦砲射撃と空襲が約三カ月間にわたって県民に襲いかかり、すさまじい脅威は「鉄の暴風」と呼ばれた。

REDS,GO TOGETHER

金城幸裕さんへの手紙

李　永晧《りよんほ》
一九八八年生まれ　神奈川県出身　二十七歳　フリーター

拝啓

　冬の寒さもだんだんと薄れていき、春の芽吹きの気配がいよいよ感じられる季節となってきました。金城さんが沖縄県立第一中学校を卒業したばかりで、はじめて鉄血勤皇隊へ動員された、あの日の沖縄はどんな天気だったでしょうか。三月末とのことですから、きっと沖縄だったらすでにかなりの熱気が感じられたことでしょうね。発表された時、金城さんはどんな気持ちだったでしょう。軍国少年だったとのことですから、もしかしたらその時の沖縄の熱気とともに勇ましい気持ちでいたのかもしれません。まだ中学を卒業したての子どもが戦争の第一線に立たされるだけでも大変な悲劇です。そして、その子どもたちが遺書を書き、遺髪までも一緒に封筒にしたためるなんて、今のこの平和な日本では想像すらできません。

　ここで、金城さんに私の自己紹介をします。私の国籍は韓国です。在日韓国人の父親と日本人の母親を持つ、日本で生まれた在日四世です。私の父方の曾祖父母は、当時日本の領土であった朝鮮から日本に渡ってきました。日本は明治時代以来、欧米諸国の帝国主義合戦に乗っかり、次々と台湾や朝鮮、中国東北部などを日本の領土としていきました。私のような存在は、日本の大義のためにという名目で植民地化された朝鮮と日本の関係によりもたらされた、ある種の〝戦争の名残《なごり》〟と言えるかもしれません。

日本のアメリカとの戦争では、金城さんの同級生をふくむ多くの若い命が犠牲になったことが、「悠久の大義のために」という言葉で正当化されました。戦争に勝つためにという道理のために、植民地化された地域があり、多くの人々が命を落とすことになった。これはとても恐ろしいことだと感じます。

ところで、金城さんは「ボーチラー」と呼ばれていて、昔からとてもやんちゃな少年だったのですね。米軍の捕虜になって、収容所から脱出する場面からは、金城さんの活き活きとした動きが伝わってきて戦場の悲惨さが少し和らいだ気がしました。私の想像ですが、金城さんのボーチラーぶりは戦争状態で「生きよう」という強い意志として働いたのかもしれません。だからこそ、戦争を生き残った金城さんが伝える、「戦争に行かされそうになったら、逃げろ！」という言葉は、とても重くて真実味があるのだと思います。金城さんの戦争の話はとても悲惨なものでしたが、金城さんの人柄に大きな希望を見出すことができました。ありがとうございます。

敬具

中国で戦闘部隊に従軍

品川正治《しながわまさじ》さん

1924(大正13)年 0歳 7月26日 兵庫県神戸市で生まれる
1937(昭和12)年 12歳 7月7日 盧溝橋事件、日中戦争開始
1941(昭和16)年 17歳 12月8日 マレー半島上陸、真珠湾攻撃
アジア・太平洋戦争の開始
1942(昭和17)年 6月 ミッドウェー海戦で日本海軍大敗
1944(昭和19)年 20歳 12月1日 旧制第三高等学校在学中に
召集を受け、鳥取連隊に入隊
1945(昭和20)年 1月 中国戦線へ
6月11日 二一四〇高地で攻撃を受け
ひざを負傷
21歳 8月15日 敗戦
9月 鄭州の捕虜収容所に収容される
1946(昭和21)年 21歳 4月30日 山口県の仙崎港に復員
東京大学法学部政治学科卒業。
日本火災海上保険(現・損害保険ジャパン
日本興亜(株))社長、会長
(一財)国際開発センター会長、経済同友会
終身幹事などを務める。経済界で護憲を主張
2013(平成25)年 89歳 8月29日 逝去

戦争を起こすのも人間。それを許さず止める努力ができるのも人間

召集令状《しょうしゅうれいじょう》（赤紙《あかがみ》）を受け取り、兵隊として中国に出征《しゅっせい》した品川正治さんは、中国の激戦地へ送られ、攻撃を受けて危うく一命を取り留めた。しかし学生時代に哲学を学び、生きる意味を自らに問い続けていた品川さんにとって、戦場で何よりつらかったのは「個」がなくなることだったという。戦後は俘虜《ふりょ》（捕虜）収容所に入れられ、復員する途中の船の中で日本国憲法の草案を目にした。日本の高度成長のもとで経済人として活躍しながら「戦争はなぜ起こるのか」を解き明かそうとした。

ぼくの元に召集令状が届いたのは、一九四四年十一月。二十歳の時でした。当時、京都の旧制三高［＊1］の学生だったので、ふつうなら将校［＊2］になるわけだが、兵隊、それもいちばん下の二等兵として、戦争に行きました。

それには理由がありました。ぼくの親友が軍の「査閲《さえつ》」［＊3］の時、「軍人勅諭《ぐんじんちょくゆ》」［＊4］をわざと読みちがえる重大事件を起こしたんです。「我が国の軍隊は世々天皇の統率し給う所にぞある」。そこを「我が国の天皇は世々軍隊の統率し給う所にぞある」、つまり軍が自分たちの有利なように天皇を動かしてい

る、と言ったわけなんだね、友人は。

そのことに気づいた将校に、友人は斬《き》られかけたんです。もう、当時としては大事件で「校長以下すべて辞表を提出させる」と騒ぎになり、学校の存続が危うくなった。

三高の生徒総代だったぼくは「自分を将校ではなく、兵隊として最前線にやってくれ。その代わり、学校はつぶさないでほしい」と嘆願書を出した。ぼくの心のどこかに「いずれは戦争で死ぬだろうから、兵隊でも将校でも構わない」という気持ちがあったのでしょう。友人は、ぼくが兵隊に行っている間に自殺したと聞きました。真相はわからずじまいです。

当時、三高の学生たちは死ぬまでに読んでおきたい本を、リストアップしていました。『源氏物語』を読み終えて死にたいという学生が授業をさぼっても、先生は見て見ぬふりでした。とてもリベラルな校風だった。授業が終わった時に先生が、学生たちに向かって深々と頭を下げるんです。

「最後に私の授業に出てくれたことを、一生忘れない」という姿勢でした。あす戦場に行く学生が必ずクラスにいて、ぼくらはせっぱつまった中でいちばんいい生き方をしたいと願い、学校もそれに応えた。友人の事件が起き、ぼくが嘆願書を出したのもそのような先生や学校に報いたかったからでした。

ぼくは哲学が好きで、死ぬ前にカントの『実践理性批判』［＊5］を原書で読んでみたかった。ドイツ語のアルファベットも知らなかったのに、必死で勉強し、辞書と首っ引きで読みました。

二十歳のぼくは、自分では思想形成がすでにできているつもりだった。哲学を学ぶ中で「国家が起こす戦争で、国民はどう生き、どう死ぬべきか」といつも考えていました。ぼくらが小学校に入った時に満州事変［＊6］が始まり、自分の国が戦争しているのが当たり前になっていた。もっと根本的な「戦争はなぜ起こるのか」を問うことがなかったんだね。

鳥取の連隊に入ったのは一九四四年十二月。入隊後、二週間ほどで中国へ送られました。ぼくたちのように実際に最前線で戦う「戦闘部隊」はわずかで、死にに行く覚悟でした。

一九四五年の六月。老河口《ろうかこう》作戦［*7］を命じられたわれわれは見晴らしのいい二二四〇高地［*8］を占領しました。しかし、必ず敵が攻撃に来るのです。きょうが最後か、あす死ぬだろうか。

六月十一日の夜明けのことでした。数千人の師団規模の敵が、一斉に攻撃。戦力は圧倒的に向こうが有利です。三百メートルほど先の森に迫撃砲《はくげきほう》［*9］を持った敵が結集しているのが見えて、それからはもう何がなんだかわからない。弾がひゅんひゅん飛んでくる。こっちも銃身が熱くなるまで撃ちまくる。

気がついたらぼくは右脚を撃たれていた。次に撃たれた時、目の前が真っ白になって、鉄兜《てつかぶと》は飛び、ぼくの体も吹き飛ばされた。灼熱《しゃくねつ》の釜に放り込まれたような感じでした。しばらくして気がつくと目が見えない。「しまった！　脳の視神経をやられた」。脳をやられて生きていられる人間はいない。

独りっきりで、あたりはなんの音もしない。ぼくは五人兄弟の長男だったので、家族のことが浮かび「弟たち、頼むよ。ぼくのぶんも親孝行してくれ」。みんなにさようならと言いました。

いよいよこれでおしまいだ、と涙をぬぐったら、見える！　脳ではなく額のかすり傷で、血がものすごく流れて、目がふさがれていたんです。それがわかった瞬間、ものすごいエネルギーが湧いてきました。「生きられる」。あたりをさまよい、夜明けに別部隊に助けられた。救出された時、ぼくは服はぼろぼろ、お尻まる出しのような格好でした。

ぼくの右脚には、今も迫撃砲の破片が入っていて、レントゲンに写るんですよ。

部隊の多くの仲間が、戦闘で亡くなりました。そばで、やられたっ、と声が聞こえてもどうすることもできなかった。死んだ仲間を助けられなかったという思いは、今もある。あの時は無理だったと頭ではわかっているけれど、ずっとトラウマになっているね。

戦争が終わっても、すぐには帰国できませんでした。武装解除［*10］は一九四五年の十一月。それから鄭州《ていしゅう》郊外の俘虜収容所［*11］に入れられ、飢えやマラリアに苦しみました。ぼくも栄養失調で六十キロの体重が三十キロ台になった。

一九四六年四月、やっと山口県の仙崎《せんざき》港に復員。上陸を待つ間、船の中で配られた新聞に「憲法草案」［*12］が出ていました。九条二項［*13］の「国の交戦権を認めない」というところ、最初は信じられなかった。だが、別の新聞にも同じことが書いてある。ぼくの部隊の人たちは、それを読んで全員泣きました。俘虜収容所で「われわれのこれからの生き方は、二度と戦争しない国をつくれるかどうかだ。でなければ死んだ戦友の魂が浮かばれない」と話し合ったのだから。しかしまさか、国家の成文憲法にここまではっきりと書いてくれるとは……。これがぼくの日本国憲法との出合い、一生忘れられない出合いなのです。

ぼくは、かつては「国家が起こす戦争」を前提に、ものを考えていた。でも、戦地で戦争の現実を目の当たりにし、すぐに疑問が湧いてきた。

「いったい誰のために戦っているのだろう」「勝ったとしても日本が幸せになるだろうか、こんなに中国の人を殺して」と。こんな戦争、やるべきではない。国民同士はなんの恨みもない……。

誰のために、何のためにと考えていたら、戦争を起こすのは国家という抽象的なものじゃない。満州にいた関東軍をはじめ、軍の中枢にいる人たちと日本の軍需産業、戦争をやればもうかる連中が仕掛けたのだ、と腑に落ちた。

戦争を起こすのも人間ならば、それを許さず止める努力ができるのも、人間なんです。ぼくは兵隊だったからそれがわかった。将校として戦争に参加し、最高の待遇を受けた人たちがのちに政界、財界の指導者になりましたが、彼らに戦争の悲惨さはわからない。実際に戦闘させられるのは兵隊だからね。

戦争で何よりつらかったのは、戦場が、個性を働かせてはいけない場所であったことです。自分の意思を持つことは許されず、命令に従うのが兵隊だったからです。「個」がなくなるというのは、「一人の人間として」どう生きるか、哲学をとおして追究してきたぼくには、むなしくてね。

ぼくは戦後、あのむなしさを取り戻すために生きてきたようなものです。一二四〇高地で死んでいたら、世の中に何の役にも立っていない。けれども幸い生き延び、言うべきことを言っている今は「私はこのために生きている」と胸を張って言える。そう言えるか言えないかで、生きている意味が違う。すごい大きな違いなんだよ。

「戦争を起こすのも、そうさせない努力ができるのも人間」。憲法を変えると言っている今ならよくわかります。だれが憲法を変え、戦争を起こさせようとしているのか、今の日本でははっきり見えるから。政治家も財界人も「日本はアメリカと同じ価値観を持っている」と言って憲法を変えようとしているけれど「憲法で戦争しないと決めている日本と、絶えず戦争をして軍需産業が国を支えているアメリカとは、価値観が違う」とはっきり言えば、ベルリンの壁が崩れる以上に画期的なこと。言い切ったら、日本がふたたび武装することを心配しているアジア諸国との関係も変わってくる。何よりアメリカも、戦略を変えざるを得ない。

　日本が憲法九条を捨ててしまったら、地球上にこの理念はなくなってしまう。しかし二十一世紀には否定できない理念だからね。今や旗はボロボロだけれど、「日本には九条が必要だ」と国民が選びとれば、いっぺんに金色の旗に変わるよ。

＊1 三高　旧制第三高等学校。現在の京都大学教養学部の前身となった。

＊2 将校　少尉以上の階級の総称。

＊3 査閲　軍事教練の進み具合を軍が調べに来ること。

＊4 軍人勅諭　一八八二年、明治天皇が軍人に下した勅諭。天皇の統帥《とうすい》権、忠節、礼儀、武勇、信義、質素などを明示。

＊5 実践理性批判　ドイツの哲学者、イマヌエル・カント（一七二四〜一八〇四）の著書。

＊6 満州事変　一九三一年九月十八日に、関東軍（満州に駐留した日本陸軍の部隊）が中国の奉天《ほうてん》（現・瀋陽《しんよう》）郊外の柳条湖で起こした鉄道線路爆破事件を機に始まった日中間の軍事紛争。

＊7 老河口作戦　洛陽から西安までの攻略を目的とした作戦。

＊8 二四〇〇高地　中国河南省内郷の西に位置する標高二四〇〇メートルの高地。頂上から西峡口、老河口、馬頭山、内郷を見渡せた。

＊9 迫撃砲　口径が大きく砲身が短い火砲。携行に適した大きさで近距離から敵陣に砲弾を発射する。

＊10 武装解除　降伏したり捕虜になった者から武器を取り上げること。中国では八月十五日以降も一部の日本軍の武装が続き、国共内戦に巻き込まれて死傷者も出した。

＊11 鄭州の俘虜収容所　鄭州（中国河南省の省都）にあった捕虜収容所。

＊12 憲法草案　マッカーサー案と呼ばれるGHQ案に日本側の起案を交えて折衝した結果、一九四六年三月六日案である「憲法改正草案要綱」が翌日、新聞各紙で発表され、国民に内容が知らされた。正式に条文化された憲法改正草案が公表されたのは四月十七日。

＊13 九条二項　「前項の目的を達するため、陸海空軍その他の戦力はこれを保持しない。国の交戦権はこれを認めない。」

品川正治さんへの手紙

三目直登　みつめ　なおと
一九八八年生まれ　和歌山県出身　二十七歳　大学院生

品川さんの証言メッセージを読ませていただいて、私がまず抱いた印象は、品川さんや品川さんの親友に、自分がよく似ている人間だということでした。当然、生きた時代や世界観はまったく違います。私の知っている戦争体験といえば、祖父伝いに「和歌山大空襲」の経験を聞いたことぐらいしかありません。

しかし、学問を志し形成した自身の思想と現実の体験のなかで揺れていた若き日の品川さんの姿と、時代の趨勢《すうせい》に対して儚《はかな》い反発を試みた親友の姿に、シンパシーを感じずにはいられませんでした。私も、高校時代に「個」の喪失を感じ、大いに社会に反発し、大学に入学してからは哲学や思想の本を読みあさりました（品川さんが読まれていたカントの「三大批判」を読む域には達しなかったですが）。

そして、品川さん同様に、私もまた、すでに自分は思想形成ができていると勘違いし、「戦争」とは「国家」とはと、一丁前に友人と激しい議論をしておりました。当時の私は、人間の本性に対してネガティブで、戦争は人間の本質と考えており、進歩と文明とともに平和を実現するには、核等の強大な力による抑止力とそれがもたらす拮抗《きっこう》状態を実現するほかないと思っていました。

品川さんがおっしゃる通り、「憲法九条」の理念は素晴らしいものであるということに、疑う余地はありません。しかし、平和な時代に生まれ、戦争を知らない私や同世代の若者たちにとって、それを実感することは容易ではないと思います。

品川さんが戦地で体験された、生きるか死ぬかの瀬戸際で感じた戦争の虚《むな》しさ、友人が戦闘で次々と死んでいく悲惨さ。国家の経済的な意図とは関係なく、戦場では生々しい人間同士の感情の渦が巻き起こる。彼らにも親がいて、愛する人がいて、大切な人がいて、そんな様々な思いがあるなかで、個人と個人とは何の恨みのない人々が互いに殺し合う情景は、私の想像を遥《はる》かに超えるものです。それは、学問を通して見た世界には、映らない情景だと思います。

とはいえ、競争社会の中で破れていく人や、社会生活ができなくなって自殺した友人などを実際に目の当たりにすると、品川さんが戦中戦後に感じた感情の一端を感じることがあるように思います。特に共感するのは「いったい誰のために戦っているのか」そして、「戦争で何よりつらかったのは、戦場が、個性を働かせてはいけない場所であったこと」という品川さんの言葉です。私が今の時代に体験することは、戦場のそれに比べればすごく瑣末《さまつ》なことかもしれませんが……。

先に書いたような思想を持っていた私も、品川さんの戦争体験を読み、実感を共有させていただいて、また一つ人として成長できたように思います。

この手紙は図らずも、天国にいる品川さんに宛てた手紙になってしまいましたが、できれば、一度会ってお話がしたかった。生の声をお聞きしたかった。それは今では叶いませんが、日本の財界の指導者として、また語り部として生きられた品川さんの意思を受け継ぎ、品川さんの憲法九条への思いを胸に、自分なりの「実感」をもとに、同じ時代を生きる人たちと、日本の未来に金色の旗を掲げられるよう、生きていきたいと強く思います。

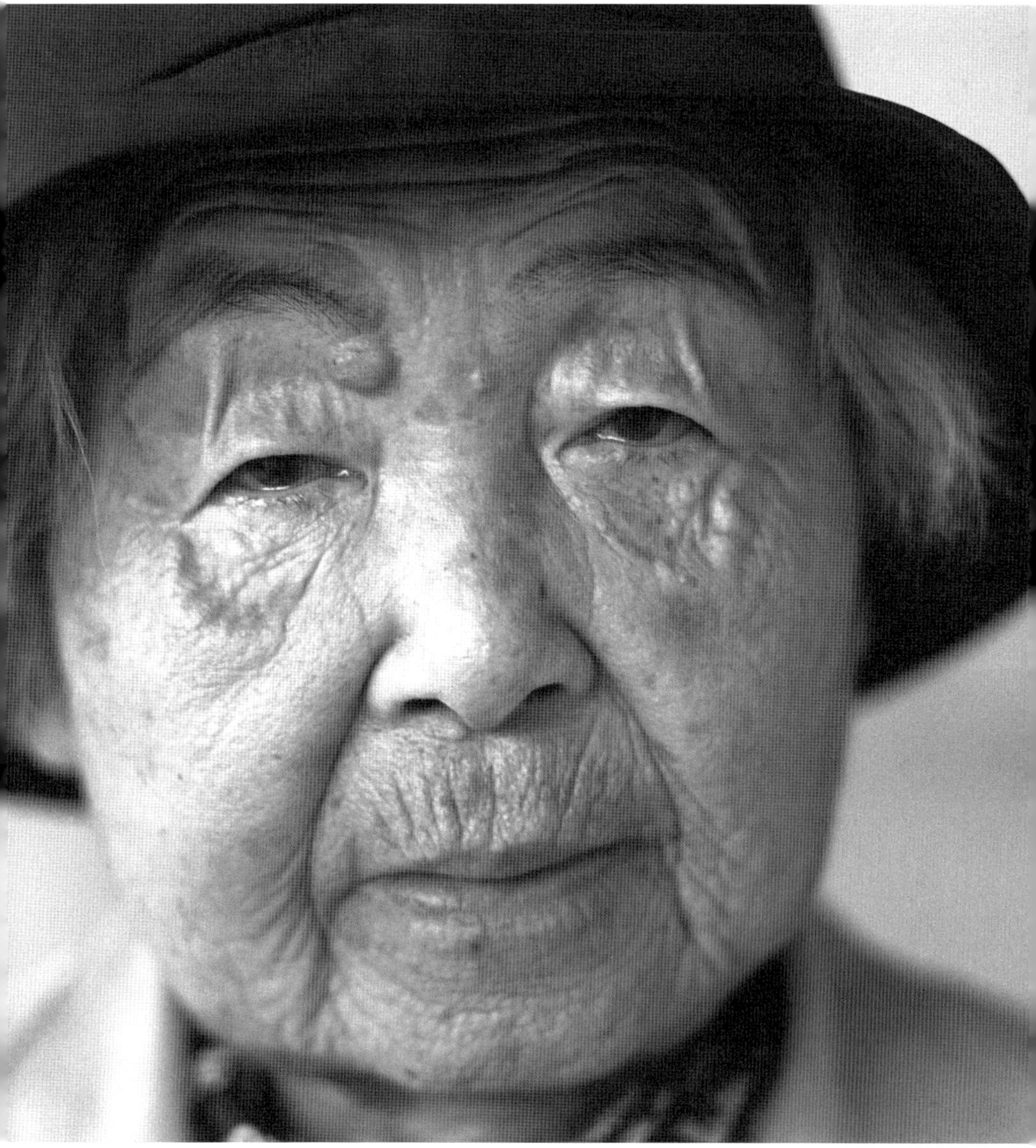

長崎で被爆者を治療

久松《ひさまつ》シソノさん

1924（大正13）年 0歳 1月15日 長崎県長崎市に誕生
1941（昭和16）年 17歳 長崎医科大に看護婦として勤務
12月8日 マレー半島上陸、真珠湾攻撃
アジア・太平洋戦争開始
1942（昭和17）年 18歳 6月 ミッドウェー海戦で日本海軍大敗
1944（昭和19）年 20歳 物理療法科の看護婦長となる
1945（昭和20）年 21歳 8月6日 広島に原子爆弾投下される
8月9日 長崎に原子爆弾投下される
8月15日 敗戦
1951（昭和26）年 27歳 5月1日 恩師の永井隆博士逝去
1953（昭和28）年 29歳 看護部長に就任
1985（昭和60）年 61歳 44年務めた看護婦を退職
長崎大学医学部・歯学部付属病院
永井隆記念国際ヒバクシャ医療センター
名誉センター長
2005（平成17）年 81歳 第40回フローレンス・ナイチンゲール記章を受賞
2009（平成21）年 84歳 1月8日 逝去

生き残ったのも運命ですから なんでも一生懸命やらんとね

一九四五年八月九日午前十一時二分。アメリカ軍は広島に続いて長崎に原子爆弾を投下した。爆風と熱線が一瞬にして街を破壊しつくし、恐怖と苦しみの中で人々は亡くなっていった。当時、長崎医科大学で看護婦長をしていた久松シソノさんも部下の看護婦たちを失い、悲しみの中で永井隆《たかし》博士とともに被爆者の治療にあたった。

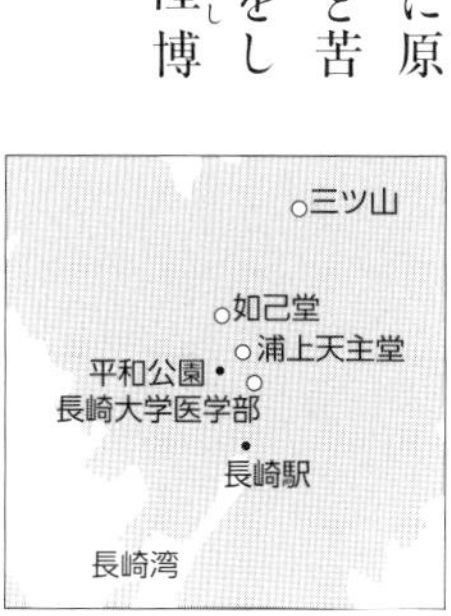

わたくしは、長崎に原爆が落ちた時には［*1］、長崎医科大学［*2］の物理療法科で看護婦長をしておりました。まだ二十一歳の若い婦長でした。

少し前に、空襲警報が解除になりました。それぞれが持ち場につき、看護婦たちの幾人かは外の畑に、お芋の世話をしに出かけていたのですよ。

その時です。「ピカーッ」と目を射る光。それからものすごい爆風。コンクリートの建物の天井が落ちてきて、もうびっくりして何が起こったかわからん。もがいてもがいて、やっとがれきの下から自力で抜け出したものの、ズック（靴）も飛ばされて見あたりませんでした。

「婦長さんっ、婦長さーん！」。看護婦さんに呼ばれ、返事をしようとすると口の中はごみでいっぱい。見ると部屋の水道の蛇口《じゃぐち》が爆風で開いて、じゃあじゃあ、水が流れとる。はいつくばって行って、顔を二回洗い、ゴロゴロっとうがいをしました。そして、ガーゼやらいろいろ三角巾《さんかくきん》に包んで持って出ようとするのに、手がふるえてね、くくりつけられないの。

あとになって、物理療法科のわたくしの恩師、永井隆先生［＊3］から「あんな時に、顔を洗うたりうがいをするもんは他におらんばい。放射能を洗い流すにはいちばん。あんたはよかことばしよった」と、何度もほめられました。永井先生も、もちろんわたくしも、その時はまだ原爆だとは知らなかった。長崎医大では医師も生徒も、たくさん亡くなりました。

わたくしは五人の看護婦さんを、この手で焼きました。浦上天主堂《うらがみてんしゅどう》［＊4］の下の運動場で。お芋の世話をしに畑に出かけて、被爆した看護婦さんたちです。翌日、捜しに行って見つけました。

顔ももう、焼けてだれがだれか、見分けがつきません。どす黒うて、泥がついて。かんかん照りでしたから、膨張《ぼうちょう》もして。髪は仁王さまのように逆立って。手首や足首にほんのちょっぴり、かすりの布が巻きついているだけでした。

一体ずつ並べて、永井先生に「火をつけてください」と言いましたら、「何を言うの。婦長さん、あなたの部下でしょう。あなたがつけなくて誰がつけるのですか」って。わたくしはもう、悲しゅうて悲しゅうて、「一人だけこうして生き延びて、ごめんなさい」と詫《わ》びながら火をつけました。ぽんぽん、ぽんぽん、燃え上がって、ものすごい火が高々と上がっていきました。そこでぼう然と立ちつくしていたら、先生に「婦長さん、医学部の構内にはたくさんけが人が待ってる。ここには夕方、骨を拾いに来よう」と言われ、しかたなくあとをついて行きました。負傷者はひっきりなしで、わたくしの白衣もすがりついてくる人の血でじくじくになりました。休む暇などありませんでした。

永井先生は爆風で割れたガラスで、こめかみが切れて、大けがをされていた。ピュッピュッと吹き出す血で布きれに日の丸を描いて、「ここが大学の本部だぞう。みんな集まれ」と叫ばれてね。

先生は原爆の前にもレントゲンで放射線をたくさん浴びて白血病にかかり、余命三年と言われていたんです。そのうえの被爆でしょ。しかも原爆で大事な奥様も亡くされたのに、先頭に立って指揮を執《と》られていました。気分が悪くて胸に手をやったり、横になって休まれたりしながらです。あのさまは、目に焼きついて離れません。

三日目からは浦上の北東の「三ツ山」へ救護活動に行きました。傷口にはウジがいっぱいたかるから、ハエが卵を産まないよう、けが人のいる家は蚊帳《かや》を吊《つ》っているんです。私たちは蚊帳を目印にけが人を訪問しました。その間にもつぎつぎと大勢の人が苦しんで、亡くなっていきました。

わたくしが留守の時に、姉と弟が心配しておにぎりを持ってようすを見に来たのですが、永井先生は「婦長さんは元気でやってる。危ないから、はよう帰れ」と追い返してね。先生は専門家だったから、放射能の怖さをよくご存じだったんでしょう。

原爆が落とされてからのことは、言葉で言いあらわすことはできません。あの悲惨さは体験した者でないとわからないですよ。長崎医大に薬を取りに行った時、病院の焼け跡で「終戦の詔勅《しょうちょく》[*5]」を聞きました。安心したでもほっとしたでもなくて、なんというか、錯乱《さくらん》でしょうかね。原爆のあと、わたしたちが無理に無理を重ねて救護を続けていたのは、「日本が勝つために」だったですからね。

あんなことがあったあとでも、まさか負けると思ってなかったですよ。ですから「戦争が終わってよかった」と思うには、ちょっと時間がかかりましたですね。

わたくしも髪が卵の大きさぐらい抜けて、体もだるく、副腎《ふくじん》もやられてて。でも、あの惨状の中で「三年しか生きられないかもしれない」と思ったのに、八十過ぎても生かしてもらって、毎日が感謝です。永井先生に会ったのも運命なら、原爆で死なずに助かったことも、運命ですね。だからこそ、その時その時、一生懸命やらんといかんと思います。生きるのも、だらんだらん生きちゃいけない。看護婦は一生懸命、患者さんに接していつも輝いていないとね。

命は失われたら返ってこんですもの。ものとちがって。すべて、永井先生から教わったことです。わたくしは、両親よりも先生に育ててもらったようなものですね。

戦後、如己堂《にょこどう》［＊6］で伏《ふ》せっていた永井先生は、二人のお子さんに「一人になっても戦争に反対しなさい」と話しておられましたよ。わたくしもいつしか「あんな悲惨な戦争は二度としちゃいけない」と思うようになりましたですね。そこへいくまで、日にちがかかりましたがね。

結婚はしませんでした。次から次へ忙しうて。考える暇もありませんでした。もう一つは、子どもにまで影響がでるのではないか、と心配でもありました。定年まで看護婦として精一杯生きて、人につくすばかりでつらくはないか、と聞かれたこともありますが、全然そんなこと思いません。

わたくしの相談相手は、今でも永井先生。それとナイチンゲール［＊7］です。うれしかったこと、悲しかったことを夜眠る前にお話しして、相談して。ええ、ちゃんと答えてくれるのよ。間違ってない、って言われると安心してね、そいで眠れるんです。

　原爆のあと、わたくしは亡くなった看護婦さんたちのお墓参りに参りました。天草、熊本、高島……。原爆記念日とかお盆には、必ずご遺族に連絡をしています。そのことが婦長だった、生き残った自分の責任だと思います。

　ピカドンのあの光。射るような、目を通り抜けていくような。あれは今も忘れられない。雷が鳴ると光るでしょ。思い出しますよ。長崎地方に夕立、と天気予報が言ったら、わたくしは雨戸を閉めてしまいます。今でも怖くてたまらないですね。

＊1 長崎の原爆　一九四五年八月九日、広島に続き長崎にも原爆が投下された。被爆六十九周年長崎原爆犠牲者慰霊平和祈念式典(二〇一四年八月九日)での原爆死没者名簿登載者数は十六万五千四百九名。原爆による死亡者数をある時期で区切って公表するのは困難だとされる。

＊2 長崎医科大学　現在は長崎大学医学部。爆心地から約六百メートルにあり、校舎が壊滅。教職員や看護婦、学生など合わせて八百九十人以上もの犠牲を出した。

＊3 永井隆　長崎医科大学物理療法科の教授で医学博士。自らも被爆しながら、被爆者のための医療に生涯を捧げた。『長崎の鐘』『この子を残して』(サンパウロ発行)他、著書多数(一九〇八～一九五一)。

＊4 浦上天主堂　一九二五年に完成したレンガ造りの聖堂。爆心地から約五百メートルにあったため爆風と熱線によって崩壊。信者の多くが亡くなったと言われる。

＊5 終戦の詔勅　一九四五年八月十四日に作成され、翌日正午に天皇自らがレコードに吹き込んだ「玉音《ぎょくおん》放送」で国民に終戦を知らせた。

＊6 如己堂　永井博士が晩年、二人の子どもたちと暮らした長崎市上野町の二畳一間のささやかな住まい。現在、如己堂の隣には博士の記録や平和へのメッセージが展示された永井隆記念館がある。

＊7 フローレンス・ナイチンゲール　イギリスの看護師。クリミア戦争に従軍。医療における看護の定義を確立し、近代看護学の発展に力をつくした(一八二〇～一九一〇)。

※本文中は当時の呼称のまま看護婦(現・看護師)と表記。

久松シソノさんへの手紙

杉村　天《すぎむら　てん》
一九九八年生まれ　千葉県出身　十六歳　高校生

こんにちは、僕は十六歳の高校一年生です。

この手紙を書いてみませんかと誘われたときは少し悩みました。しかし、僕と同じくらいの年で戦争を経験した方や僕より小さい時に経験した方がいるという事実を、少しでも多くの人に知ってもらいたいと思い、引き受けることにしました。

証言を読んでみたら、僕と同じくらいの年に一生消えない心の傷を負ったのに、一生懸命生き抜いたシソノさんに、ふざけてでもタメ口なんかきけないと思ったので、すべて敬語で書かせていただきました。

僕は、四人家族です。父母弟と去年まで暮らしていました。今は、群馬の高校に通っているので、ホームステイ生活を送っています。新鮮なこともたくさんあるし、嫌なところもたくさんありますが、家族に電話でそのことを言うと「大変だね」とか「いい経験してズルい」など、しっかりと話を聞いてくれて、思ってることを言ってくれます。僕は、こんなふうに家事や仕事で大変なのに、時々物を送ってくれたり、電話して最近あった出来事などを楽しそうに話してくれる家族が本当に大好きで宝物です。

シソノさんにとっても、部下の看護婦（師）さんたちは同じ生活をしていたので、家族同様な存在であったと思います。家族みたいに力を合わせてたくさんの人を治療していた部下の方を一瞬にして亡くし、さらに自分の手でその亡き骸《がら》を焼くということの作業は本当につらかったと思います。

シソノさんの証言の中で、いちばん衝撃を受け自分の考えかたが少し変わったのは、『戦争が終わってよかった』と思うには、ちょっと時間がかかりました」という文です。

僕たちは、学校の社会の時間に戦争について教わるのですが、その時に教わる内容は戦争の始まったキッカケや終わり方、亡くなった人の数や悲惨な事実です。なので、戦争なんて終わったほうがいいに決まってるし、もう二度とやらないように、としか思っていないのですが、シソノさんのように日本のために努力してきた方にとっては、日本が負けた事実を理解しがたい時間があったということですよね。

僕は、比較的多く戦争の映画やドラマなどを見ていますが、その中に出てくる主人公や家族の多くは、「早く戦争が終わって欲しい」と言っていたものもありました。だから僕は、当時戦争の中を生き抜いた方々は、早く戦争が終わって欲しいし、絶対にしたくないんだろうなぁなどと勝手に想像していました。でも、それは大きな間違いだったということに気づかされました。

なぜなら、最終的には、戦争に反対しているし、もうしてはいけないことだと思われていますが、戦争が終わった時から終わって良かったと思うまでの時間は、僕たちでは、絶対に理解できないからです。僕は、シソノさんがどうして戦争が終わって良かったと思ったのか、そのキッカケなどがあったら教えて欲しいと思いました。

雷の光を見ると今でも原爆のことを思い出すということは、本当につらいことだと思いますし、それに耐えて生き抜いたことは、本当にすごいことだと思います。正直、口の中がゴミでいっぱいだったとか、看護婦さんたちの亡くなっていた姿などは、まったく想像出来ません。僕がわかることは、戦争をすると僕たちにとってありえないことが日常茶飯事に起きるということだけです。

そして、今の僕たちにできることは、僕たちより下の世代の子どもたちに、シソノさんが僕に伝えてくれた戦争の悲惨さや、悲劇などを伝えていくことだと思っています。

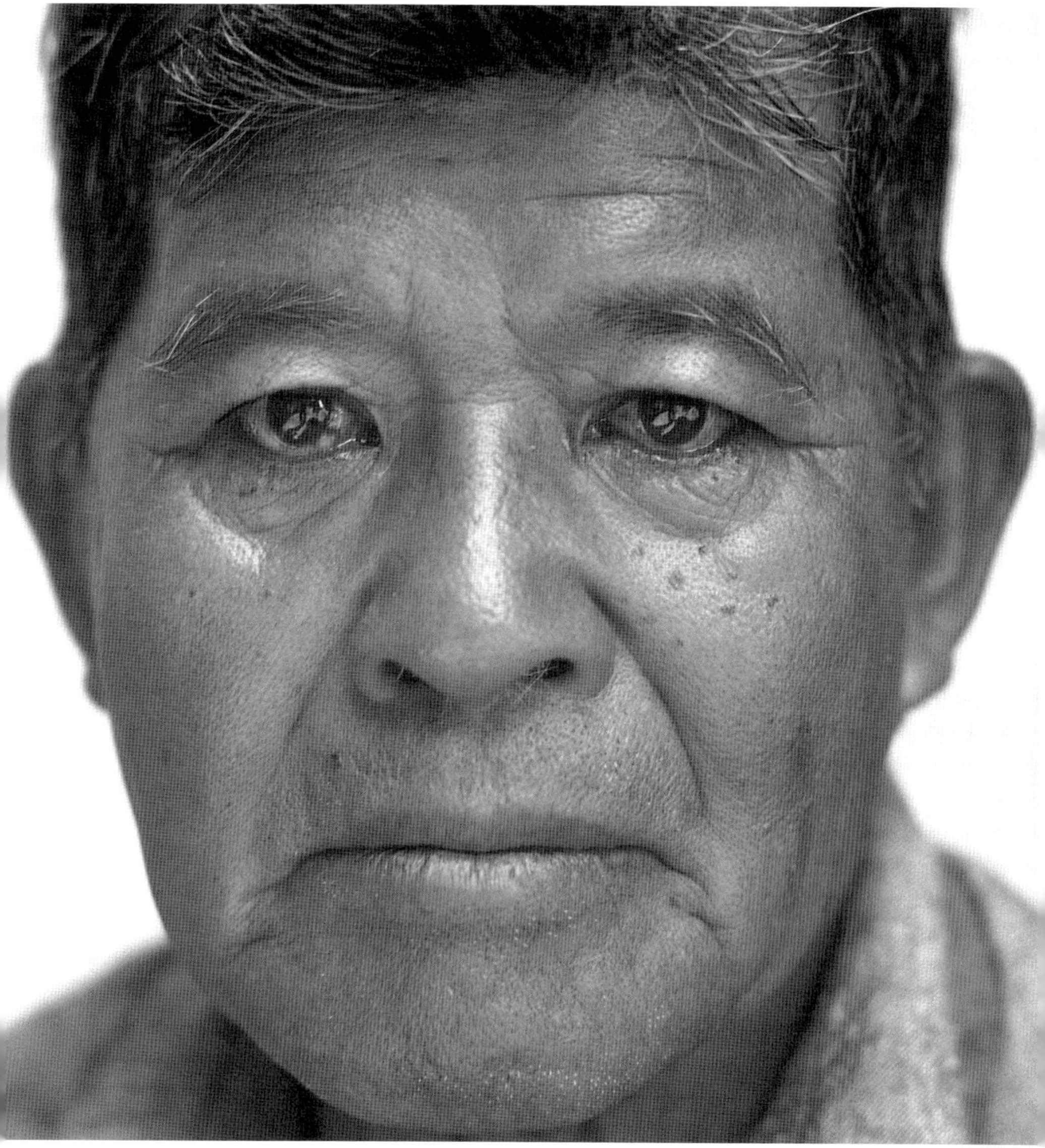

強制疎開させられ、マラリアに

仲《なか》底《そこ》善《ぜん》光《こう》さん

1935(昭和10)年 0歳 12月24日 沖縄県の波照間島に誕生
1941(昭和16)年 5歳 12月8日 マレー半島上陸、真珠湾攻撃
アジア・太平洋戦争開始
1944(昭和19)年 8歳 10月10日 沖縄に米軍の十・十空襲
1945(昭和20)年 9歳 4月 日本軍の命令で波照間島から
西表島に強制退去
4月1日 米軍、沖縄本島に上陸
4月~7月 戦争マラリアで多くの死者が出る
友人が陸軍中野学校出身者に体罰を受け死亡
6月22日 第32軍首脳陣指揮の戦闘終結
8月 波照間島へ帰島
その後も戦争マラリアの犠牲者は相次ぐ
8月15日 敗戦
9月7日 第32軍奄美・先島守備隊、
沖縄の森根で正式に降伏調印
1951(昭和26)年 15歳 9月 サンフランシスコ平和条約調印
沖縄は米国の施政下に
1953(昭和28)年 17歳 計画移民で西表島に移住
バナナやパイナップルの農園事業、
西表~石垣間の航路開発にも従事
1972(昭和47)年 36歳 5月15日 沖縄、日本復帰
2015(平成27)年 79歳 牛の放牧、サトウキビ畑の世話などの
仕事に明け暮れる毎日

シャマーが打たれて死んだこと、いまでも絶対に許さない

沖縄の離島、波照間《はてるま》島では一九四五年四月、日本軍の命令によって全住民約千六百人が西表《いりおもて》島へ強制退去（強制疎開《そかい》）させられ、「戦争マラリア」で約五百人が亡くなった。退去先は、ハマダラ蚊の生息地でかつてマラリアが猛威《もうい》をふるって廃村《はいそん》になったところだったため、波照間島の住民は抵抗したが、軍の命令に背《そむ》くことはできなかった。強制退去の命令を下したのは、陸軍中野学校出身の「山下虎雄」だったことが判明。住民は山下の監視下に置かれ、戦争体制に協力させられた。当時九歳だった仲底善光さんの友人は、山下から体罰を受け死亡した。なお、軍が住民を強制退去させたのは、米軍の上陸に備えて波照間島の家畜を敵に渡さず、日本軍の食糧として確保するためだったと言われている。マラリアで大勢の人々を失った波照間の住民が悲しみを抱えて西表島から故郷に戻るとき、波照間国民学校の識名《しきな》信升《しんしょう》校長が戦争マラリアの悲劇を忘れるなとの思いをこめて、「忘勿《わするな》石《いし》ハテルマ シキナ」と文字を刻みこんだ石が、いまも西表島の南風《はえ》見田《みだ》の海岸に残されている。

あの時は九歳、国民学校の四年生だったさ。

「波照間島の住民は、西表島に疎開せよ」と、軍から命令が下された。国民学校の識名校長も、奥さんのキヨさんも反対したよ。波照間島には洞窟《どうくつ》もあるし、隠れる場所もあるのに、なんでわざわざ西表島に行くことがあるのか。

みんなが嫌がったのは、マラリア［*1］のこと。避難先の西表島の南風見田というのは、それよりずっと前に、マラリアで廃村になったところだったから。みんな知ってたさ。そんな恐ろしいところへ、誰も行きたくない。

そしたら山下虎雄［*2］という、どこからかやって来た訓練教官が軍刀を抜いて「おれに背《そむ》くものは叩《たた》き斬《き》る！」と言って怒鳴《どな》った。山下という男は背が高いし、初めて島に来た時は子ども心に、かっこいいと思ったけど、戦争が近づくと、がらりと人が変わったさ。

西表島に渡ったのは、四月。

うちは家族や親戚十五名が一緒だった。疎開の前にお父さんは、家で飼っていた五〜六頭の牛や豚に目隠しをして、ハンマーで殺した［*3］。

それも軍の命令だった。どの家も家畜を処分したさ。肉はかつお工場で塩漬けや燻製《くんせい》にされて、少しはもらったけど、ほとんどが取り上げられて、軍の食料になったよ。

西表島ではすでに先発隊が避難小屋を建てていて、みんな班に分けられて、そこへ入った。大人は大変な思いをしたけど、共同生活は子どもには楽しいこともあった。寂しくはなかったよ。家族と一緒だったし。別の避難小屋を作るために、原野から萱《かや》を刈り取って、束ねてさ、赤ん坊みたいに背中におぶって。おもしろかったよ。だけど、昼間は海で遊べなかった。砂に足跡がつくと敵に攻撃されるといって。戦争中で、しかも山下の目が光って、自由はなかったさ。

ハエを捕《と》ることも、子どもたちの仕事だった。伝染病になるから捕れ、と山下に言われて、みんなに竹筒が渡された。

あるとき、山下がやってきて、捕ったハエを見せろという。富底弘佑《ふそこうゆう》という四つ年上のシャマー（兄さん）の竹筒にはハエが少ししか入ってなかった。山下はそこにいた子どもたち全員を並ばせて、自分の子分だった石野という若い先生に、端から順番に竹で打たせたさ。しびれるくらい痛かったよ。あの痛さは今も忘れられない。

とくにシャマーは、何度も何度も竹の生木がボロボロになるまで石野に力いっぱい打たれて。手で尻を隠そうとすると、その上からも打たれて。

大人たちは仕事に出て、集落には年寄りしかいなかった。だれも助けられんよ。大仲《おおなか》のおばーが、泣きながら手を合わせて頼んださ。

「いくらなんでも、打たまんじ（打たないで）」。

シャマーはその晩から熱発して、数日で亡くなった。よく遊んでくれた優しい兄さんだった。どれだけ苦しかったか。許せないと思った。ハエを捕らなかったぐらいで。

だいたい自分たちはマラリアの南風見田に行かされたけど、山下の身の回りの世話をしていた人たちは、西表島でも安全な古見《こみ》地区や由布《ゆぶ》島に疎開させたんだから、えこひいきだよ。

波照間島では死んだ人は「ガンダラ号」というおみこしみたいな台に乗せ、色紙で飾りつけをして告別していたけど、疎開先の南風見田には何もない。シャマーはススキで編《あ》んだござにくるまれて、避難小屋の近くに埋められた。シャマーのお母さんは、そりゃ悲しんだださ。

あのときシャマーをかばった大仲のおばーも、ヤシガニを食べて、中毒で死んだ。

それから、マラリア。みんなが心配したとおりになった。次々とたくさんの人がかかって、年寄りと子ども、体力のない者から死んでいった。

マラリアには、自分もかかったさ。最初は寒気がするよ。がたがた震えると、何十分もたたないうちに熱発する。芭蕉《ばしょう》の幹を切ったのを枕にして寝て、頭の上から、ざあざあ水かけるさ。水かけるのは、家族の中でまだ元気な人の役目だった。

やっと八月に波照間島に帰ることができたが、そこでもまだまだ人が死んださ。

お父さんの弟は海のそばのジャングルの下に穴を掘って、たくさんの人を埋めた。一家十六人の家族が、みんな亡くなった家もあった。

子どもも大勢死んだから、学校でもしばらく授業はできなかったよ。

家畜はみんな殺されてしまったから、食べるものがなくて、ソテツを食べた。煮て、何度もこして、デンプン粉にして、寒天《かんてん》みたいに固めて。ソテツの木がなければ人はもっともっと、たくさん死んでいたはずさ。

戦争が終わって、十七歳になった時、波照間島を飛び出して、また西表島に来た。琉球政府が計画移民［*4］を募集していたからさ。

波照間島の人たちからは「また死にに行きたいか」とあざ笑われたんだが、あんな小さな島でよ、農家の次男、三男には土地がない。自分の土地を持つには、よそへ行くしかなかったさ。

本当はその頃、夢があったよ。船乗りになって世界一周する夢。もう戦争は終わったし、平和になった世界を見てみたかった。かなわなかったけど。

それから先は、ジャングル伐採《ばっさい》して、バナナやパイナップル作ったり、船持って西表島と石垣島を結ぶ航路を開いたりして、ずっと仕事。仕事は好きよ。終わったあとの飯がうまいし、酒がうまい。

波照間島には、もう帰らんだろうね。笑われて出てきたからには、死んでも波照間島には帰らん、今もそう思っている。

戦争中のことは、忘れられないよ。爆弾が落ちて死ぬなら、まだあきらめがつくけど、行かなくていいところに行って殺されたようなものさ、波照間島の人たちは。

シャマーが叩き殺されたことは、死ぬまで忘れない。絶対に許せない。山下も、叩《たた》いた石野も。戦争も許せない。戦争さえなかったら、疎開させられなかったら、シャマーは生きていただろうし、誰もマラリアで死ななかったさ。

＊1 戦争マラリア　沖縄の離島の八重山地方では戦争中にマラリアによって四千人近くが亡くなった。通常のマラリアと区別して、「戦争マラリア」と呼ばれている。とくにマラリア有病地である西表島に強制退去させられた波照間島の全住民約千六百人は、ほぼ全員がマラリアにかかり、約五百人が死亡した。

＊2 山下虎雄　スパイ養成機関などとして知られる「陸軍中野学校」は戦争中、沖縄の離島にも工作員を派遣した。その中の一人、酒井清軍曹（当時二十五歳）は青年学校指導員「山下虎雄」になりすまして一九四五年一月、波照間国民学校に赴任。三月には全住民に西表島への強制退去を命じた。

＊3 家畜の供出　波照間島の住民が飼っていた牛や馬、豚などの家畜約三千頭を住民に殺させ、食肉にして軍に渡したという。

＊4 琉球政府の計画移民　戦後、米軍基地に土地を奪われたり、生活に困窮する人びとを救うために行われた「琉球政府計画移民」で、沖縄離島の開拓や、アルゼンチン、ブラジル、ボリビアなどへの移民計画が行われた。

仲底善光さんへの手紙

畑江奈つ希　はたえ なつき
一九九一年生まれ　福岡県出身　二十四歳　会社員

貴重なご体験をお話しいただき、伝え残していただいたことに感謝申し上げます。

今回仲底さんの証言を読ませていただき、当時の波照間島の状況を初めて知ることができました。

沖縄戦では、約二十万人の方が犠牲になったと聞いています。本土決戦を遅らせるために『捨て石』とされた沖縄で、「帝国軍人」による一般市民への強奪《ごうだつ》、虐殺の様子はあまりに凄惨《せいさん》で、容易に想像できないことに大変もどかしさを感じていました。しかし、そのような多くの犠牲は沖縄本島のみでなく、他の島々でも起こっていたのですね。

戦争は、人が人としていられなくなること、「戦争マラリア」もまさに戦争が人を変えてしまったことから始まっているのではないかと感じます。本来ならかかり得なかったマラリアで、波照間島の住民の三分の一もの方が亡くなってしまったという。戦争というものは、直接的な武力による被害のみならず、多くの混乱や理不尽さがたくさんの犠牲を生むのだということを認識させられます。

生まれ育った故郷を理不尽な「命令」によって離れなくてはならなくなり、しかも行く先はマラリアで廃村になったところ……波照間島のみなさんが、どれほど不安で耐えがたい気持ちだったかを、想像するにしきれません。とくに胸が痛むのは、「ハエ捕りの仕事」の中で、あまりに理不尽な理由で、シヤマーの富底さんの命が犠牲になったということです。なんと、そのようなことが咎《とが》められることなく起こってしまっていた戦争に対して、つらく、許しがたいという気持ちでいっぱいになりました。

　私は今、小学校低学年の子どもたちに関わる仕事をしています。ちょうど、六～九歳の子どもたちです。まさに、仲底さんがこの時を生きていらしたのは、今私が毎日触れ合っている子どもと同じくらいの年齢だったのだということを思うと、悲しくてなりません。無邪気で、遊び盛りで、いろんなことが楽しく、興味があったことでしょう。純粋に、素直に、毎日の家族や友達との時間が幸せだったことでしょう……そんな大切な時間、大切な人を戦争に奪われてしまった。そのようなことを思うと、何とも無念でなりません。また、シャマーを失ったことの憎しみを抱えながら生きてこられたことを思うと、戦争は「終結」したあとも、人々のなかで傷を深め続けるものなのだということを感じます。


　当時を振り返り、こうしてお話しいただくということは、大変おつらかったのではと想像します。当たり前に大切な命を、大切にできないことが日常になってしまうこと、それが戦争なのですね。戦後世代として、残していただいたメッセージを受け取り、伝承《でんしょう》していく義務を感じています。

　今も世界のいろいろな場所で起こっている戦争。一刻も早く終わらせたい。そして、二度と日本が同じことを繰り返さないように、私たち戦後世代は過去を学び、今を知り、そして未来を考えていく必要があると思います。今年で戦後七十年。戦争体験者の方の生の声を聞く時間は限られていると感じます。私にできることは、できる限り多くの証言を聞かせていただくこと、そして共有させていただいた当時の「事実」と、その時を生き抜いてくださった方の「想い」をずっと忘れず、一人でも多くの方に伝え続けていくこと。今を共に生きるすべての人と、次世代の子どもたちに平和な社会を引き継げるよう、自分にできることをいつも考えていたいと思います。

914

撮影を終えて

落合由利子

この仕事をしながら、知ろうとしないでめぐらす想像は、なんと貧しく勝手なことかと何度も思った。例えば、沖縄に人を訪ねるにあたってこんな経験をした。

沖縄本島や慶良間《けらま》諸島については地上戦、「集団自決」、それにまつわる話に少しずつ触れる機会があった。それではもっと南の離島は、同じ時期にどのような日常が流れていたのだろう、案外と平穏な時間が流れていたのではないだろうか？　それならその人たちに会って話を聞いてみたい、と思った。調べ始めるとすぐに、その想像の貧しさに愕然《がくぜん》とすることになる。

有人の島としては日本の最南端に位置する波照間《はてるま》島では、一九四五年四月に全住民の西表《いりおもて》島強制退去が行われた。退去先がマラリアの有病地帯であろうと関係のないことであった。そして恐れたとおりに波照間住民の三分の一が「戦争マラリア」で命を落とすことになった。

すべての事実を知ることなどできない。が、一つひとつの出来事を知っていく。そしてその時代を生き抜いた人の話に耳を傾ける。かつて想像したことのないそれらの重く苦しい体験。その話をしばらく自分の中に持っていると、不思議なことに生きる勇気のようなものが伝わってきた。

その人たちに向き合い、今こうして出会えている永遠性を感じながらシャッターを押した。この写真に出会う人もどうか向き合ってほしいという願いとともに。

そんな撮影の日々から何年か過ぎ、世の中は幸せな方向に向かっているのだろうかと思うあやしい時代の中で、十代二十代の若者たちの撮影をすることになった。

戦争の体験者の証言を読んだ若者たちの手紙が手元に届いてからも、どのように撮るか、考えがまとまらないでいた。が、撮影間近かになると自然に心が決まった。それは、「四時間ください。あなたの好きな場所、落ち着ける場所とその周辺を一緒に散歩しながら撮影させてください」というものだった。歩きながら彼ら彼女らの話に耳を傾けた。そして「あ、今。あ、ここ」という瞬間に写真を撮らせてもらった。

その日、撮影も終わりに近づいて、私たちは川の護岸に腰を下ろしていた。

「戦争のほうが楽かもしれない。爆弾は降ってこなかったけれど、ずっと平和ではなかった……」

自分は何を言っているのだろうと、戸惑いながらもあふれだした若者の言葉。歩きながら聞いたいくつかの話がビーズに糸を通すように繋《つな》がり、その若者が今までに負《お》ってきた心の傷の深さが迫ってきた。

兵隊として自らが行った残虐行為を二度と繰り返すような世の中にしてはいけないと、証言活動を続けていた金子安次さんの撮影をした時のことを、ときどき思い出す。目の前に死にたいという若者が現れたらどんな言葉をかけますか?という私の問いかけに、金子さんはこう答えた。

「その気持ちはわからなくないけどよ、俺はたくさんの人の死を見てきたから、生きるというのは尊いことだよ」

手紙を書き終えてこれからが始まりなのだと思った、と一人の若者が話してくれた。きっとみんなそう感じていると思う。そして私もこれからが始まりなのだと、今また感じている。

あとがき

十年程前、学童疎開の引率をされた岩瀬房子さんの取材からスタートした私たちの仕事は、途中いろいろな事情があって頓挫しかかっていた。

再開するきっかけを与えてくれたのは、二〇一四年四月に届いた篠塚良雄さんの突然の訃報だった。わずか十五歳で七三一部隊少年隊員に志願した篠塚さんは、「悪魔の部隊」だと気づいた時には拒むことも逃げ出すことも許されず、人体実験に手をそめていかなければならなかった。八十歳をとうに過ぎていた篠塚さんは、目を細めながら、苦しそうに一言一言しぼりだすように話してくださった。それは、七十年の時を超えて、篠塚少年を目の前にしているかのようだった。何故そんなつらい思いをしてまで、あの戦争の時のことを語り続けられたのか――三人で遺影に手を合わせながら、生前にその思いを伝えられなかったことを申し訳なく思った。

気がつけば、これまで取材をさせていただいた戦争体験者の方たちは、すでに半数近くがこの世を去られていた。その方たちにも、背中を押されているような気がした。


この本の試みである「手紙プロジェクト」を進めるにあたって、私たちが大切にしようと思ったことがあった。これはあの日の若者へ今の若者からの、一方通行で一度きりの手紙である。証言者は反論したくてもその機会はない。冒険ではあると思いつつ、証言者の尊厳を傷つける表現がないかぎり、できるだけ手紙はそのまま載せることにした。それは今の若者のあるがままを受け止めたいと思ったからだ。

二〇一五年早春の頃、集まってきた十五人の若者の手紙を読んでいくうちに、気づいたことがあった。生きている時代が違う今の若者に、「証言」の背後にある戦争の時代の状況と空気を伝えることがいかに大事なことか。それが十分に伝わっていないために、今の若者があの時代を想像しきれないとすれば、それは「証言」を伝える私たちの責任でもあり、これからの課題だと思った。

もし、証言者と若者が出会い対話を繰り返したならば、疑問をぶつけ誤解を解くこともできただろう。時代の空気とともに「戦争」をもっとリアルに伝えてくれたかもしれない。しかし今や証言者は次々に鬼籍に入られ、それが叶わないのは残念だ。

それでも、若者たちはめまぐるしく流れる日常の中で、「手紙」を書く数時間、もしくは数日間、タイムスリップし〝同世代〟の証言者に真剣に向き合ってくれた。私たちが思ってもみないような気づきを証言の中に見出し、証言に息を吹きかけてくれた。同世代だからこそ、響き合うものがあった。私たちは預けていただいた「証言」を「手紙」とともに、次の世代へ手渡すことに一つの希望を見つけている。

最後に、戦争の時代の重い体験を語り、カメラの前に立ってくださった証言者のみなさんと、掲載を許可していただいたご遺族に心から感謝申し上げる。手を挙げてくれた十五人の若者たちへ、希望のつまった素敵な手紙を書いてくれてありがとう。その他、歴史の専門家でもない私たちに有意義な助言や資料を提供してくださった諸先生方、この本を一緒に創り上げてくれた「ころから」のみなさん、デザイナーの安田真奈己さん、私たちの仕事にご理解ご支援いただいたすべての方に、この場を借りて御礼の言葉をお伝えしたい。

二〇一五年　初夏

北川直実

◇『争点・沖縄戦の記憶』石原昌家・大城将保・保坂廣志・松永勝利著、社会評論社、2002年[★仲底→P197]
◇『新 歩く・みる・考える沖縄』沖縄平和ネットワーク編、沖縄時事出版、1997年[★宮城→P43]

満蒙開拓団

◆『孫に語り伝える「満州」』坂本龍彦著、岩波ジュニア新書、1998年
◇『終わりなき旅―「中国残留孤児」の歴史と現在』井出孫六著、岩波現代文庫、2004年
◇写真集『シャオハイの満洲』江成常夫著、集英社、1984年
◇『絹ばあちゃんと90年の旅―幻の旧満州に生きて』落合由利子著、講談社、2005年

日中戦争

◆『日本にも戦争があった―七三一部隊元少年隊員の告白』篠塚良雄・高柳美知子著、新日本出版社、2004年[★篠塚→P95]
◆『あなたは「三光作戦」を知っていますか―日本にも戦争があった〈2〉』坂倉清・高柳美知子著、新日本出版社、2007年
◇『金子さんの戦争―中国戦線の現実』熊谷伸一郎著、リトルモア、2005年[★金子→P29]
◇『戦後歴程―平和憲法を持つ国の経済人として』品川正治著、岩波書店、2013年[★品川→P173]
◇季刊「中帰連」第43号「篠塚良雄さんと訪ねた中国平和の旅―侵略戦争の事実を学ぶ」(P68-73)高柳美知子、2008年[★篠塚→P95]

その他

◆『アジア・太平洋戦争―シリーズ日本近現代史⑥』吉田裕著、岩波新書、2007年
◆『それでも、日本人は「戦争」を選んだ』加藤陽子著、朝日出版社、2009年
◆写真集『戦後はまだ…刻まれた加害と被害の記憶』山本宗補著、彩流社、2013年
◆『ルポ 悼みの列島―あの日、日本のどこかで』室田元美著、社会評論社、2010年
◇『敗北を抱きしめて(上・下)』ジョン・ダワー著、岩波書店、2001年
◇『キムはなぜ裁かれたのか―朝鮮人BC級戦犯の軌跡』内海愛子著、朝日選書、2008年[★李→P133]
◇『BC級戦犯―獄窓からの声』大森淳郎・渡辺考著、日本放送出版協会、2009年[★李→P133]
◇日本史リブレット『戦後補償から考える日本とアジア』内海愛子著、山川出版社、2010年[★宮城→P43]
◇『分割された領土―もうひとつの戦後史』進藤榮一著、岩波現代文庫、2002年[★宮城→P43]
◇『卡子(チャーズ)―中国革命戦をくぐり抜けた日本人少女(上・下)』遠藤誉著、文春文庫、1990年[★山谷→P69]
◇『日本史B用語集』全国歴史教育研究協議会編、山川出版社、2004年[★]
◇『詳解 日本史用語事典』三省堂編修所編、三省堂、2003年[★]

戦争を考える

◆『新・戦争のつくりかた』りぼん・ぷろじぇくと著、マガジンハウス、2014年
◆『茶色の朝』フランク・パヴロフ著、ヴィンセント・ギャロ絵、大月書店、2003年
◆『よし、戦争について話をしよう。戦争の本質について話をしようじゃないか(オリバー・ストーンが語る日米史の真実)』オリバー・ストーン、ピーター・カズニック、乗松聡子著、金曜日、2014年
◆『戦争で死ぬ、ということ』島本慈子、岩波書店、2006年
◇『戦争と罪責』野田正彰著、岩波書店、1998年
◇『「心」と戦争』高橋哲哉著、晶文社、2003年

もっと「戦争」を知りたい人のためのブックリスト

戦争について書かれた数多くの書籍、漫画、絵本、写真集。
さまざまな角度から戦争を知ることのできるものも加えて選びました。

◆中・高校生以上の人におすすめの本　◇詳しく知りたい人におすすめの本
★この本を書くために使用した主な参考資料

原爆

◆**漫画(コミックス版)『はだしのゲン』**全10巻、中沢啓治著、汐文社、1993年
◆**漫画(アクションコミックス)『夕凪の街 桜の国』**こうの史代著、双葉社、2004年
◆**絵で読む『広島の原爆』**那須正幹文、西村繁男絵、福音館書店、1995年
◆**絵本『ひろしまのピカ』**丸木俊文・絵、小峰書店、1980年
◆**写真絵本『さがしています』**アーサー・ビナード著、岡倉禎志写真、童心社、2012年
◆**『広島第二県女二年西組―原爆で死んだ級友たち』**関千枝子著、ちくま文庫、1988年
◆**写真集『ひろしま』**石内都著、集英社、2008年
◇**『ヒロシマ・ノート』**大江健三郎著、岩波新書、1965年
◇**『長崎の鐘』**永井隆著、サンパウロ、1995年[★久松→P185]
◇**『凛として看護』**久松シソノ著、春秋社、2005年[★久松→P185]

空襲

◆**『新版 ガラスのうさぎ』**高木敏子著、金の星社、2000年[★岩瀬→P147]
◆**『東京大空襲―昭和20年3月10日の記録』**早乙女勝元著、岩波新書、1971年
◆**『ぼくのマンガ人生』**手塚治虫著、岩波新書、1997年

学童疎開

◆**『チンチン電車が走ってた』**菅原治子作、吉井爽子画、福音館書店、2006年
◆**『海に沈んだ対馬丸―子どもたちの沖縄戦』**早乙女愛著、岩波ジュニア新書、2008年

沖縄戦

◆**『ずいせん学徒の沖縄戦―最前線へ送られた女学生の手記』**宮城巳知子著、成井俊美画、ニライ社、2002年[★宮城→P43]
◆**少年長編叙事詩『ハテルマシキナ―よみがえりの島・波照間』**桜井信夫著、津田櫓冬画、かど創房、1998年[★仲底→P197]
◆**絵本『おきなわ 島のこえ』**丸木俊・丸木位里文・絵、小峰書店、1984年
◆**『沖縄の旅・アブチラガマと轟の壕―国内が戦場になったとき』**石原昌家著、集英社新書、2000年[★宮城→P43]
◆**『血であがなったもの―鉄血勤皇師範隊／少年たちの沖縄戦』**大田昌秀著、那覇出版社、1977年
◆**『ひめゆりの少女―十六歳の戦場』**宮城喜久子著、高文研、1995年
◆**『わたしの沖縄戦』**全4巻、行田稔彦著、新日本出版社、2013～14年
◇**『沖縄現代史』**新版、新崎盛暉著、岩波新書、2005年[★宮城→P43]
◇**『沖縄の〈怒〉―日米への抵抗』**ガバン・マコーマック、乗松聡子著、法律文化社、2013年
◇**『証言・沖縄戦 沖縄一中 鉄血勤皇隊の記録(上・下)』**兼城一著、高文研、2000・2005年[★金城→P159]

一中学徒隊資料展示室[★金城→P159]
〒903-0815 沖縄県那覇市首里金城町1-7　http://www.youshu.com/dataroom.php

沖縄師範健児の塔　〒901-0333 沖縄県糸満市摩文仁548

ずいせんの塔[★宮城→P43]　〒901-0344 沖縄県糸満市字米須西原1137-1

ひめゆり平和祈念資料館
〒901-0344 沖縄県糸満市字伊原671-1　http://www.himeyuri.or.jp/JP/top.html

沖縄陸軍病院南風原壕群20号壕
〒901-1111 沖縄県島尻郡南風原町字兼城716 南風原町黄金森公園内　http://www.town.haebaru.okinawa.jp/hhp.nsf/0/6b3fdcbe82f9533d4925755200258090?OpenDocument

NPO法人 沖縄国際平和研究所 沖縄戦・ホロコースト写真展示館
〒900-0036 沖縄県那覇市西2-24-2　http://www.opri.jp/

八重山平和祈念館[★仲底→P197]
〒907-0014 沖縄県石垣市新栄町79-3
http://www.pref.okinawa.jp/yaeyama-peace-museum/

忘勿石の碑[★仲底→P197]　〒907-1542 沖縄県竹富町西表島（南風見田の浜）

満蒙開拓団

満蒙開拓平和記念館[★山谷→P69]
〒395-0303 長野県下伊那郡阿智村駒場711-10　http://www.manmoukinenkan.com/

日中戦争

NPO法人 中帰連平和記念館[★金子→P29、篠塚→P95]
〒350-1175 埼玉県川越市笠幡 1948-6　http://npo-chuukiren.jimdo.com/

731部隊陳列館[★篠塚→P95]　中国黒龍江省ハルビン市平房区新疆大街25

その他

明治大学平和教育登戸研究所資料館
〒214-8571 神奈川県川崎市多摩区東三田1-1-1 明治大学生田キャンパス内
http://www.meiji.ac.jp/noborito/

アクティブ・ミュージアム 女たちの戦争と平和資料館（wam）
〒169-0051 東京都新宿区西早稲田2-3-18 AVACOビル2F　http://wam-peace.org/

戦没画学生慰霊美術館 無言館
〒386-1213長野県上田市古安曽山王山3462　http://www.mugonkan.jp/

チャンギー刑務所博物館[★李→P133]
1000, Upper Changi Road North, Singapore 507707　http://www.changimuseum.sg/

戦争全般

立命館大学 国際平和ミュージアム
〒603-8577 京都府京都市北区等持院北町56-1
http://www.ritsumei.ac.jp/mng/er/wp-museum/

みんなの戦争証言アーカイブ　http://true-stories.jp/

戦場体験資料館・電子版　http://www.jvvap.jp/

もっと「戦争」を知りたい人のための
平和博物館・美術館&アーカイブ

本書に出てくる戦争の内容や、関連するさまざまな史実をもっと詳しく学びたいときは、下記の平和博物館やインターネットのアーカイブなどが役立ちます。

★この本に登場する証言者の戦争体験に関連するもの

原爆

長崎原爆資料館[★池田→P57]
〒852-8117 長崎県長崎市平野町7-8　http://www.nagasakipeace.jp/

永井隆記念館[★久松→P185]
〒852-8113 長崎県長崎市上野町22-6
http://www.city.nagasaki.lg.jp/peace/japanese/abm/insti/nagai/

岡まさはる記念長崎平和資料館
〒850-0051 長崎県長崎市西坂町9-4　http://www.d3.dion.ne.jp/~okakinen/

広島平和記念資料館[★石見→P121]
〒730-0811 広島県広島市中区中島町1-2　http://www.pcf.city.hiroshima.jp/

原爆の図 丸木美術館
〒355-0076 埼玉県東松山市下唐子1401　http://www.aya.or.jp/~marukimsn/

空襲

東京大空襲・戦災資料センター[★清岡→P15]
〒136-0073 東京都江東区北砂1丁目5-4　http://www.tokyo-sensai.net/

平和資料館 草の家
〒780-0861 高知県高知市升形9-11　http://ha1.seikyou.ne.jp/home/Shigeo.Nishimori/

山梨平和ミュージアム
〒400-0862 山梨県甲府市朝気1-1-30　http://ypm-japan.jp/

学童疎開

全国疎開学童連絡協議会[★岩瀬→P147]
「語り継ぐ学童疎開」体験談アーカイブス　http://gakudousokai.com/

対馬丸記念館
〒900-0031 沖縄県那覇市若狭1-25-37　http://tsushimamaru.or.jp/

沖縄戦

沖縄県平和祈念資料館
〒901-0333 沖縄県糸満市字摩文仁614-1　http://www.peace-museum.pref.okinawa.jp/

平和の礎
〒901-0333 沖縄県糸満市字摩文仁444
http://kouen.heiwa-irei-okinawa.jp/shisetsu-ishigi.html

佐喜眞美術館
〒901-2204 沖縄県宜野湾市上原358　http://sakima.jp/

プロフィール

落合由利子 *Yuriko Ochiai* ――写真家

日本大学芸術学部写真学科卒。卒業制作「WINDOW'S WHISPER」で芸術学部賞受賞。存在、流れ、光をテーマに人に寄り添う取材を続ける。「母の友」(福音館書店)に「戦争は知らないけれど」を連載中。写真展に「日本国ルーマニア人物語」、「働くこと育てること、そして今」他。著書(写真・文)に『絹ばあちゃんと90年の旅―幻の旧満州に生きて』(講談社)、『働くこと育てること』(草土文化)。共著に『ときをためる暮らし』(自然食通信社)他。

室田元美 *Motomi Murota* ――ライター

フリーランスとして女性誌ライターやFMラジオの構成作家、現在は戦争や東アジアの近現代史について取材活動や執筆を続けている。日本国内に残されたアジア・太平洋戦争の足跡をたどる『ルポ 悼みの列島』(社会評論社)で2010年「第16回平和・協同ジャーナリスト基金賞 奨励賞」受賞。近著に『いま、話したいこと～東アジアの若者たちの歴史対話と交流～』(子どもの未来社)、共著に『戦争のつくりかた』(マガジンハウス)他。

北川直実 *Naomi Kitagawa* ――エディター

日本航空機内誌「ウインズ」編集部チーフエディターを経てフリーランス編集者に。主に単行本の企画・編集に携わる。『難民と地雷』全3巻(写真・文/小林正典 草土文化)、『ドキュメンタリーの力』(鎌仲ひとみ・金聖雄・海南友子著 寺子屋新書)、『忘却に抵抗するドイツ』(岡裕人著 大月書店)、『いま、話したいこと』(室田元美著 子どもの未来社)他。「スプリングボード」(青年海外協力協会発行)元編集長・編集委員。

若者から若者への手紙 1945←2015

2015年7月10日初版発行
2016年3月10日 2刷発行
定価1800円+税

聞き書き
室田元美 北川直実

写真
落合由利子

編集
北川直実

パブリッシャー
木瀬貴吉

ブックデザイン
安田真奈己 安藤順

発行
ころから

〒115-0045 東京都北区赤羽1-19-7-603
Tel 03-5939-7950
Fax 03-5939-7951
Mail office@korocolor.com
HP http://korocolor.com

ISBN 978-4-907239-15-2 C0036

協力［敬称略］
石原昌家(沖縄国際大学名誉教授)
内海愛子(恵泉女学園大学名誉教授)
姫田光義(中央大学名誉教授)
山本唯人(東京大空襲・戦災資料センター主任研究員)
乗松聡子(ピース・フィロソフィー・センター代表)
東京大空襲・戦災資料センター
満蒙開拓平和記念館、中帰連平和記念館
全国疎開学童連絡協議会
原爆の図 丸木美術館、永井隆記念館
一中学徒隊資料展示室
八重山平和祈念館、cafe どんぐりの木

JASRAC 出 1506549-501

1945年、戦争の時代を生きていた若者たちにあなたも手紙を書いてみませんか？

本書で15人の若者たちが試みたようにみなさんも証言者の方々に手紙を書いてみませんか。15人の戦争体験者の証言を読んで、どんなところが印象に残ったか、もし自分だったらどうしただろうか……共感できること、びっくりしたこと、わからないこと、聞いてみたいこと、今の自分と重なること、なんでもかまいません。考えたり感じたことを、そのまま言葉にしてお送りください。
15人の戦争体験者の中には、もう亡くなった方もいらっしゃいますが、伝えたいことがたくさんあると思います。ぜひ、そのメッセージに応えて、手紙や感想を書いてみてください。若者でなくても、どなたでも参加していただけます。

あなたの手紙に ①名前 ②生まれた年 ③職業 ④住所またはメールアドレスを添えて、「ころから」宛てにお送りください。メールでお寄せいただいても構いません。HP上などで発表する際には、事前に確認させていただきます。原稿は返却いたしません。

ころから編集部
〒115-0045 東京都北区赤羽1-19-7-603
Tel 03-5939-7950
tegami@korocolor.com
http://korocolor.com/